THOMAS MONTASSER

DER CLUB DER BÜCHERFEEN

THOMAS MONTASSER

Der CLUB der BÜCHERFEEN

ROMAN

THIELE VERLAG

I

Okay, genau genommen war es dieses eine Paket gewesen, auf das findige PR-Leute eine hübsche Schleife gedruckt hatten. Im Grunde hielt Victor sich nicht für einen Macho. Jedenfalls hätte er sich nicht für einen Macho gehalten, wenn er jemals auf den Gedanken gekommen wäre, darüber nachzudenken. Dabei dachte er viel über sich nach. Über seine Arbeit. Über seine seltsamen Lebensumstände. Über seine Herkunft, ja, auch das. Und damit stets verknüpft: über sein Schicksal. Denn es war längst nicht so, dass alles in seinem Leben genauso gekommen wäre, wie er sich das vorgestellt hatte. Eher im Gegenteil. Dass er sich damit in Gesellschaft ungefähr des größeren Teils der

Menschheit befand, das zu erkennen war er vermutlich noch zu jung. Mit Ende zwanzig betrachtet man sich bekanntlich eher als ebenso einzigartig wie unvergleichlich. Und in gewisser Weise war Victor das ja auch. Wie wir alle.

Dieses Paket also, eher ein Päckchen. Etwa fünfhundertfünfzig Gramm schwer, Victor hatte dafür ein nahezu naturwissenschaftliches Gespür. Vielleicht wäre seine Phantasie gleich losgaloppiert, wäre die Empfängerin zu Hause gewesen. So aber hatte er die Sendung vor ihrer Wohnungstür abgelegt und ihr eine Karte in den Briefkasten geworfen: »Sendung an Ihrem Wunschort hinterlegt«. Sendung mit aufgedruckter Schleife.

Erst als er wieder im Wagen saß, fiel ihm auf, dass er sich die ganze Zeit vorzustellen versuchte, wie die Empfängerin des Päckchens wohl aussah. Etwas, das ihm nicht oft passierte. Denn an sich ist es nicht sonderlich interessant, zu wissen, wie jemand aussieht, der eine Mikrowelle geliefert bekommt, einen Duschvorhang, zwei Kilogramm Kaffee oder einen Matratzenschoner. Gewiss, manche Sendung sagt einiges über den Empfänger. Mitunter wunderte man sich, was die Menschen sich inzwischen alles liefern ließen, statt es selbst zu besorgen oder selbst herzustellen. Kuchen etwa oder Popcorn. Meist aber war die Zustellung von Päckchen und Paketen eine ziemlich prosaische Angelegenheit, bei der ohnehin kaum Zeit blieb, ein paar Worte zu wechseln – von Gedanken ganz zu schweigen.

Bei einer Lieferung, die vermutlich hübsche Unterwäsche zum Gegenstand hatte, war das offensichtlich anders. Nicht, dass Victor nicht schon häufig Sendungen von Dessous-Marken zugestellt hätte. Aber wenn dann ein mürrischer älterer Herr in der Tür stand oder eine erschöpfte Haushaltshilfe, dann wirkte das nicht sonderlich inspirierend. Namen wie »Rauch/Schlegel« oder

»Medzwecki« am Klingelschild lösten offenbar auch kein Feuerwerk an Assoziationen aus. Aber eine verschlossene Wohnungstür, an der »Bianca Martini« stand, darauf sprang zumindest Victors Phantasie offenbar an. Weshalb er am Ende seiner kurzen Mittagspause feststellte, dass sein Sandwich praktisch unberührt neben ihm lag und er sich völlig unabsichtlich einen langen Diskussionsbeitrag im Radio zum Thema »Fliegenfischen im Internetzeitalter« angehört hatte, ohne auch nur ein einziges Wort davon mitzubekommen.

Bianca Martini. Da hatte er schon öfter etwas abgeliefert. Bücher zumeist. Die Frau war so gut wie nie zu Hause. Er fragte sich, ob er sie überhaupt schon jemals gesehen hatte. Jedenfalls nicht in Unterwäsche. Was man übrigens nicht von allen Kunden sagen konnte. Leider. Vor allem Männer kamen ja gerne mal in Unterhosen an die Haustür, die kannten da keine Scheu. Frauen versteckten sich zumindest hinter der Tür, wenn sie wirklich mal öffneten, ohne noch rasch in den Bademantel zu schlüpfen (was sie aber natürlich praktisch immer taten). Victor seufzte. Männer. Die fühlten sich eigentlich immer gestört, wenn der Paketbote kam. Vermutlich lag es daran, dass sie selten bestellten, auch wenn ihr Name auf der Sendung stand. Aber dass Thorben Schmitz den gelieferten Haarglätter oder das Epiliergerät tatsächlich selbst nutzte, daran glaubte Victor nicht. Und dann waren sie meistens unfreundlich und kurzangebunden, nörgelten über eingedrückte Ecken des Pakets, vergaßen das »Schönen Tag noch« – von Trinkgeld ganz zu schweigen.

Es gab ältere Kollegen, die zu berichten wussten, wie sie früher mit vollen Hosentaschen nach Hause gekommen waren, weil man seinerzeit dem Paketboten eine kleine Aufmerksamkeit zuzustecken pflegte. Goldene Zeiten mussten das gewesen sein: nur ein Viertel der Lieferungen, die man heute auf einer Tour hatte, zwischendurch hier und da ein Käffchen, fast überall ein kleines Trinkgeld ... Aus heutiger Sicht: paradiesische Zustände. Fürs Nichtstun.

Victor seufzte, ohne zu wissen, ob es nun wegen der Zeitläufte war oder wegen der hübschen Unbekannten in den hübschen Dessous. Wobei natürlich niemand wusste, ob die Unbekannte tatsächlich hübsch und ob es wirklich Dessous gewesen waren oder vielleicht doch nur ein einfacher Schlafanzug. Mit knurrendem Magen biss er von seinem Sandwich ab – Tomate und Rucola, keine gute Idee, weil einem alles entgegenkommt – und startete wieder den Motor. Inzwischen ging es im Radio um Rheuma. Er wechselte den Sender. Chopin. Das passte. Zur Stimmung und zu ihm selbst. Aber dazu später.

Unter den Abertausenden von Paketboten, die täglich die Straßen jedes größeren und kleineren Gemeinwesens durchpflügen, gibt es eines nicht mehr: gelernte Paketboten. Sollte es sie je gegeben haben, sind sie längst verdrängt worden von einer anderen Spezies: hochqualifizierten Menschen, die allerdings in den falschen Disziplinen ihr Auskommen gesucht haben, also Literaturwissenschaftler, Philosophen, Künstler. Oder Musiker, so wie Victor einer war, Student der Komposition, genauer gesagt. Dies auch noch aus einem völlig unbedeutenden osteuropäischen Land. Er würde also einer der zahllosen vollkommen unbekannten Komponisten werden, von denen die Welt völlig unbemerkt bevölkert ist – sofern er nicht letztlich doch als »Quereinsteiger« irgendetwas »Gescheites« begann. Quality Manager eines Call-Centers zum Beispiel. Oder Key Accounter bei einem Vertriebsunternehmen. Und die Wahrscheinlichkeit war nicht gering, dass er früher oder später diesen Notausgang in eine Karriere suchte, die zwar jenseits all dessen lag, was er sich für sein Leben erträumt hatte, die aber zumindest ermöglichen würde, dass er überhaupt lebte.

Als musikalischer Paketbote hatte Victor es immerhin geschafft, auf seiner neuen Tour (die er nun auch schon einige Monate befuhr) einige Sympathien zu gewinnen. Denn natürlich blieb es im Laufe der Zeit nicht aus, dass man mit den Menschen, denen man öfter begegnete, eine wenn auch distanzierte Bekanntschaft schloss. Etwa mit Frau Aschenbach, die ganz am Anfang seiner Tour wohnte und deshalb immer ganz entzückt war, dass ihre Lieferungen schon so früh am Tag kamen. Die alte Dame bestellte regelmäßig alles, was es für Katzen zu bestellen gab. Von Futter über Streu und Spielzeug bis hin zu Spezialbürsten fürs Katzenfell, Kratzbäumen, Schmusedecken, Katzenalben, Ratgebern, Krallenpflegesets, Halsbändern und CDs mit

Katzenliedern. Victor hatte sich einige davon anhören müssen und empfand seither eine große Zuneigung zu der Kundin: Wer sich freiwillig solche »Musik« bestellte – in der Annahme, die Haustiere würden sie genießen –, verdiente einen Preis für Selbstlosigkeit.

»Sie blockieren die Ausfahrt, Mann!«

Ein Herr mittleren Alters, vermutlich Anwalt oder Steuerberater, wie so viele in der Gegend, hatte an seine Scheibe geklopft. Victor hob entschuldigend die Hand. Er hatte gar nicht die Absicht gehabt, noch einmal eine Pause einzulegen. Aber irgendwie waren seine Gedanken abermals zurückgeschweift zu dem Päckchen mit der Schleife und von dort zu der Sendung mit den Katzen-Haarschleifen für Frau Aschenbach.

Und nun stand er in einer Einfahrt, nur ein Haus weiter von »Bianca Martini«, und versuchte sich tatsächlich an die Melodie eines der Katzenlieder zu erinnern. Eigentlich ein malignes Unterfangen, denn wer einmal diese Art von Ohrwürmern gehört hat, darf sich glücklich schätzen, wenn er anschließend keine psychologische Betreuung braucht. Mit einem Seufzen legte er den ersten Gang ein und ruckte ein Stück nach vorne, sodass der Herr im Dreiteiler seinen Mercedes aus der Einfahrt bekam. Dann stieg er nach hinten und stellte die Pakete für die Neunzehn zusammen. In der Siebzehn wohnte Frau Martini, die heute Abend das Päckchen mit der Schleife vorfinden würde. Ob sie es gleich aufmachte? Ob sie die Sachen gleich anprobierte? Bestimmt würde sie! Vielleicht ... Victor ertappte sich bei Gedanken, die ihn nicht nur vom Arbeiten abhielten, sondern die man auch nicht anders denn als völlig unangemessen bezeichnen konnte. Wenn auch aus Gründen, die sich dem jungen Mann zu dem Zeitpunkt bei weitem noch nicht erschlossen.

Es war das Ende eines beschwerlichen Tags, als Bianca Martini sich in den vierten Stock hinaufkämpfte. Wie so oft, war der Fahrstuhl ausgefallen, in dem Altbau keine Überraschung, immerhin hatte der Lift so viele Jahre auf dem Buckel, dass man ihn samt dem Rest des Gebäudes schon vor langer Zeit unter Denkmalschutz gestellt hatte. »Das sollten sie mit mir auch endlich machen«, seufzte Bianca Martini, als sie schließlich vor der Tür zu ihrer Wohnung angekommen war, wo sie auf ein Päckchen hinunterblickte, das der aufmerksame Paketbote aufrecht und ganz innen an den tiefen Türsturz gelehnt hatte, sodass man es wirklich erst entdeckte, wenn man praktisch davor stand. »Soso«, murmelte sie. Es war ja nicht so, dass sie nicht gewusst hätte, was sich hinter diesen Paketen mit den hübschen Schleifen verbarg. Mit einem Lächeln sperrte sie die Tür auf, entledigte sich – noch einmal seufzend – ihrer Schuhe und genoss für einen Moment den kühlen Parkettboden unter ihren glühenden Fußsohlen. Was für ein anstrengender, heißer Spätsommertag! Sie sollte rasch unter die Dusche. Und dann würde sie sich um das Päckchen kümmern.

Dr. Bianca Martini liebte dieses Haus, egal ob der Aufzug funktionierte oder wieder einmal nicht. Sie lebte hier seit ihrer Geburt, war hier aufgewachsen und hatte einige ziemlich leichtlebige Jugendjahre hier verbracht, ehe sie sich voller Leidenschaft ins Literaturstudium geworfen hatte, um Lektorin in einem Verlag zu werden.

Dabei war es nicht geblieben, und dazu war es nicht gekommen: Denn nach der Promotion in Skandinavistik hatte sie ihren Dozenten geheiratet, zwei Kinder bekommen, deren leichtlebige Jugendjahre ebenfalls in diesem Haus verbracht, einen Scotch Terrier, einen Pekinesen und schließlich auch ihren Gatten überlebt, zwei jüngere Liebhaber gehabt, sich dann doch für Fontane und Leopardi als Weggefährten entschieden – nur eine Anstellung in einem Verlagshaus hatte sich nicht ergeben. Stattdessen hatte sie zunächst Unterhaltungsromane im Dutzend lektoriert. Was weniger schaurig war, als es klang und als sie selbst anfangs erwartet hatte. Denn natürlich lernt man aus ihnen sehr viel über die Menschen an sich und ihre Interessen im Besonderen.

Nun aber, im Alter von fast sechsundsiebzig Jahren, hatte Bianca Martini beschlossen, sich von niemandem mehr vorschreiben zu lassen, was sie lesen sollte. Genau genommen hatte sie das schon vor fünfzehn Jahren beschlossen. Noch genauer genommen, war es Dr. Zweier vom Rümenab-Verlag gewesen, der den Beschluss gefasst hatte. Aber wie es sich eben verhält mit Beschlüssen: Sie sind manchmal nicht so schlecht. Zumindest für Bianca Martini waren sie es nicht gewesen.

Weshalb die alte Dame an ihren ehemaligen Auftraggeber, der sich eines Tages ohne nähere Begründung entschlossen hatte, ihr keine Aufträge mehr zu erteilen, stets mit einer gewissen Milde zurückdachte. Die kleine Rente ihres verstorbenen Ehemanns reichte immerhin aus, um sich das Nötigste zu leisten: Bücher. Für den Rest hatte Bianca Martini eine Stelle in einem Teeladen angenommen, weshalb sie sich abends stets einen kräftigen doppelten Espresso machte und den Duft starken Kaffees genoss, der durch die Wohnung zog.

Den jüngsten Roman von Richard Powers unterm Arm, trat sie auf den kleinen Balkon, der zum Hinterhof hinausging, und setzte sich mit ihrem Caffè, dem sie nur ein wenig Mascobado zugefügt hatte, hin, um endlich innezuhalten und den Abend zu genießen. Es versteht sich von selbst, dass ein doppelter Espresso zu vorgerückter Stunde dem Schlaf nicht sonderlich zuträglich ist. Das allerdings focht Bianca Martini nicht an: Sie hatte schließlich nicht vor, allzu bald ein Auge zuzutun. Powers schrieb bekanntlich ausschließlich die opulentesten Romane. Und die alte Dame gehörte nicht zu den geduldigsten Leserinnen. Eher im Gegenteil, sie verschlang Bücher, wollte ganz darin versinken, ja, aber auch bald wieder daraus auftauchen. Denn es warteten ja noch Tausende anderer verlockender Romane, die gelesen werden wollten – von ihr natürlich. Und kein Mensch wusste, wie viel Zeit ihr dafür noch blieb. Wenn es eines gab, was Bianca Martini fürchtete, dann war es, das Buch ihres Lebens womöglich nicht mehr zu erleben. Es wäre aber auch Ärgernis genug, einfach mit dem jeweils in Lektüre befindlichen Werk nicht zu Ende gekommen zu sein, wenn einem der liebe Gott das Licht ausblies.

Entsprechend war es schon spät, als sie schließlich das Buch zuklappte, die Tasse nahm und beides wieder ins Haus trug, um endlich unter die Dusche zu springen, nun gut: zu steigen. Und noch später, als sie – gestärkt von einem schönen Omelett – mit einem Glas Brunello wieder hinaustrat. Leider hatte sie darauf verzichtet, ihr Haar zu föhnen. Und leider war es in der Zwischenzeit frisch geworden, und ein ziemlich gehässiger Wind hatte sich in den Häuserzeilen der Nummern fünfzehn bis einundzwanzig verfangen. Gefesselt von den letzten Seiten des geschwätzigen Powers, machte sich Bianca Martini deshalb nicht bewusst, dass sie im Begriff war, am nächsten Tag im Teeladen auszufallen.

Sie hatte kaum den letzten Satz gelesen, da klingelte es an der Tür. »Ah!«, entfuhr es ihr. Denn erst jetzt fiel ihr das Päckchen mit der aufgedruckten Schleife wieder ein. Sie ließ ihr Buch neben dem leeren Glas draußen liegen und eilte zur Tür. »Frau Wagner! Sie kommen wegen Ihrer Lieferung, richtig?«

»Stimmt«, entgegnete die junge Nachbarin und schlug leicht verlegen die Augen nieder, als sie merkte, dass man erkennen konnte, was das Päckchen enthielt.

»Bestimmt etwas ganz Entzückendes«, meinte Frau Martini fröhlich und drückte ihr die Sendung in die Hand.

»Sehr freundlich, danke.«

»Ich dachte ja, Sie kommen erst in ein paar Tagen zurück …«

Inzwischen schien die Wirkung des Weins die des Kaffees doch zu überflügeln. Die alte Dame blinzelte, spürte einen leichten Schwindel und sogar eine gewisse Kurzatmigkeit.

»Das dachte ich auch«, erwiderte Claire Wagner. »Sonst hätte ich Sie gar nicht mit der Sendung belästigt. Aber leider wurde die Veranstaltung abgesagt. Zu wenige Anmeldungen.« Sie seufzte.

»Das tut mir leid« entgegnete die alte Dame mitfühlend. »Die Leute haben einfach keinen Sinn mehr für Kultur.« Viel wusste sie ja nicht über die junge Frau, die erst seit kurzem im Stockwerk über ihr wohnte. Aber dass sie sich bei ihrem Einzug mit einer Flasche Montepulciano und selbstgebackenen Cantuccini bei ihr vorgestellt und erzählt hatte, dass sie einige Jahre in Paris gelebt habe und nun wieder hier sei, das hatte sie durchaus für sie eingenommen. Als Frau Wagner dann kürzlich gesagt hatte, dass sie für einen Vortrag ein paar Tage verreisen müsse, aber einige Bestellungen tätigen wolle, ob sie wohl die alte Dame als Lieferadresse angeben dürfe, da hatte Bianca Martini nicht gezögert, ihr nachbarlich beizuspringen.

Die junge Frau zuckte die Achseln. »Vielleicht«, sagte sie. »Vielleicht ist es aber auch bloß, weil niemand mehr Zeit für irgendetwas hat.«

»Da sagen Sie was. Ist das nicht merkwürdig? Die Leute kochen nicht mehr, sie kaufen nicht mehr ein …« Bianca Martini konnte einen Blick zu dem Päckchen hin nicht unterdrücken. »Sie stopfen keine Strümpfe mehr, nähen nicht mehr, für alle möglichen Dinge gibt es Roboter – und trotzdem hat niemand mehr für irgendetwas Zeit.«

»Ja«, stimmte die junge Frau Wagner zu. »Es ist wirklich seltsam.« Ein kurzer Moment des Schweigens. »Danke noch einmal fürs Annehmen!«

»Gerne. Sie können jederzeit meinen Namen als Lieferadresse angeben.«

»Na ja, es sieht nicht so aus, als müsste ich in nächster Zeit verreisen. Aber vielen Dank für das Angebot. Und gute Nacht.« Frau Wagner nahm das Päckchen mit der Schleife und stieg hinauf in den fünften Stock.

»Gute Nacht, meine Liebe«, murmelte Bianca Martini, verwundert darüber, wie es dieser Brunello in sich hatte. Sie würde an diesem Abend nicht noch ein weiteres Buch anfangen, sondern schlafen gehen. Eine weise Entscheidung, denn längst war eine kräftige Erkältung im Anflug.

Zu gerne hätte Victor gewusst, welche Bücher es waren, die Bianca Martini in rauen Mengen bestellte. Die Frau schien ja geradezu eine Büchernärrin zu sein. Es war nicht so, dass der Paketbote nicht auch schon gelegentlich ein Buch gelesen hätte. Aber es hatte sich dann doch mehr um Lektüre gehandelt, wie man sie im Studium brauchte. Fachbücher. Ein Kochbuch immerhin hatte er! *Bon Appétit – Die französische Küche.* Unkochbar. Aber mit schönen Bildern. Er hatte es öfter mal durchgeblättert. Sonst spielten Bücher nicht die ganz große Rolle in seinem Leben. Auch Facebook nicht mehr. Und das hatte mit Book eigentlich sowieso wenig zu tun. Aber seit der Sache mit dem Dessous-Päckchen fragte sich Victor, ob nicht auch in einer Büchersendung prickelnde Inhalte stecken konnten. Konnten sie doch, oder?

Bücher hatten außerdem die wunderbare Eigenschaft, dass sie etwas waren, worüber man sich sehr gut unterhalten konnte. Das hieß: wenn man denn welche kannte. Und das wiederum setzte voraus, dass man ab und zu eines las. Als Victor am nächsten Tag wie so oft die Treppe in den vierten Stock hinauftrabte, in der einen Hand den Scanner, in der anderen die Warensendung eines Versandbuchhändlers, nahm er sich deshalb vor, irgendwann doch einmal ein wenig Zeit in einem Buchladen zu verbringen.

Aus alter Gewohnheit scannte er den Strichcode schon, während er noch auf den Stufen war, und stellte das Päckchen unter den Türrahmen, als er von drinnen ein Geräusch hörte. Sollte Bianca Martini am Ende gar zu Hause sein? In dem Fall natürlich … Er stornierte die Eingabe und nahm das Päckchen wieder hoch, fuhr sich einmal – eher unbewusst – durchs Haar und klingelte. Es dauerte eine kleine Weile, bis hinter der Tür jemand fragte: »Ja … bitte?«

»Hallo! Paketbote!«, sagte Victor und spürte, wie sein Herzschlag sich unwillkürlich beschleunigte. »Ich habe eine Sendung für Sie.«

»Oh … Ja, natürlich. Bitte legen Sie sie einfach hin«, sagte eine leise Stimme von drinnen. »Ich bin krank. Besser, ich stecke Sie nicht an.«

»Ähm … ja … klar«, stotterte der Kurier und empfand eine ebenso spontane wie niederschmetternde Enttäuschung. »Ich … ich lege es vor Ihre Tür.« Schon griff er wieder nach seinem Scanner und hielt ihn über den Strichcode. *Bianca Martini*, las er. Und dachte, dass nur eine Tür sie von ihm trennte. Andererseits – er hätte gar nicht gewusst, worüber er mit ihr hätte plaudern sollen.

»Ähm … gute Besserung!«

»Danke.« Ein Husten jenseits der Tür, ein Seufzen diesseits. Dann lief er die Treppen wieder hinunter und beschloss, noch am selben Tag eine Buchhandlung aufzusuchen. Er wusste auch, welche. Ganz am Ende seiner Tour, leider schon im Bereich seines Kollegen Ahmed, gab es einen kleinen Laden, der sowieso viel zu wenig Kundschaft hatte. Da würde er sich umsehen.

Zurück im Wagen griff er nach seinem Sandwich – Ei, Mayonnaise und irgendein fragwürdiges Grünzeug, auch nicht besser als gestern – und nach seinem Smartphone, um sich schon mal ein bisschen schlauzumachen, was man zurzeit so las.

Einmal mehr blieb das Sandwich kaum verzehrt, der Mann im Dreiteiler – heute allerdings bloß im Zweiteiler, dafür immerhin war's ein Zweireiher – scheuchte ihn abermals von seinem Platz in der Einfahrt, und die Zeit galoppierte schneller, als es der Menge der noch ausstehenden Zustellungen zuträglich war. Das lag natürlich vor allem daran, dass es mehr als erstaunlich war, wie unglaublich viele unglaublich spannende Bücher es gab, wenn man sich nur mal die Mühe machte, genau hinzusehen. Wobei: Von genau konnte keine Rede sein. Je mehr Victor an Interessantem entdeckte, umso mehr setzte sich in ihm die Erkenntnis fest, dass er vom Buchmarkt ungefähr so viel sah wie ein Betrachter des klaren Nachthimmels vom Universum – wenn er durch einen Trinkhalm hinaufblickte. Wann immer er auf einen Roman tippte, der ihn neugierig machte, rief er damit automatisch Dutzende anderer Romane auf, von denen ihn mancher mindestens genauso ansprach. Er hätte Stunden damit zubringen können, Kurztexte über den Inhalt von Büchern lesen zu können, ach was: Tage!

Dann allerdings hätte ihn vermutlich der Mann im Zweiteiler standrechtlich aus dem Weg geräumt. Weshalb Victor zu dem Schluss kam, dass es wohl doch die bessere Idee war, seine Recherche nicht online, sondern zunächst einmal in einem echten Buchladen zu betreiben, und zwar am besten bei der nächsten Gelegenheit. Also am selben Abend.

Als er endlich mit seiner Tour fertig war, war es schon weit nach sieben Uhr. In einer guten halben Stunde würden die meisten Geschäfte schließen. Vermutlich hatte der kleine Buchladen längst zu. Den Zustellwagen hatte Victor auf dem Fahrzeughof des Zustelldienstes abgestellt und sich dann zu Fuß auf den Weg gemacht. Denn es war ja nicht weit und der Abend war warm und sonnig, eine geradezu fröhliche Atmosphäre lag in der Luft, sodass sich der junge Mann unwillkürlich pfeifend durch die Stadt bewegte – eigene Melodien natürlich. Denn wenn er nicht gerade über seinen Beruf, seinen Kontostand oder geheimnisvolle Päckchen mit aufgedruckten Schleifen nachdachte, spielte eine unbekannte Macht in seinem Gehirn Musik. Manchmal Orgel, manchmal Fagott, manchmal Schlagzeug oder Akkordeon. Und manchmal alles zusammen. Im Grunde waren diese seltsamen Spontankompositionen nichts anderes als der musikalische Ausdruck seiner jeweiligen Stimmungen. Entsprechend melancholisch oder beschwingt spielte die Musik in Victors Kopf und fand manchmal den Weg auf seine Lippen, indem er eine Textzeile oder zwei dazu erfand, die er sang, oder auch nur ein Liedchen pfiff.

So wie an jenem Abend, als er über die Schwelle der kleinen Buchhandlung *Die Bücherfee* trat, die zu seinem Erstaunen eben doch noch geöffnet hatte, und sich unversehens in einer Welt von Papier wiederfand, die sogleich einen ganz besonderen Zauber verströmte. Bis die Stimme der Buchhändlerin ihn (den Zauber, nicht den Kunden) zerstörte: »Guten Abend.«

Man hat es im Ohr, wenn jemand genervt ist, selbst wenn er etwas Freundliches sagt wie »Guten Abend«. Und die Frau war genervt. Vielleicht ja, weil sie längst nach Hause hätte gehen wollen, jetzt aber noch ein Kunde die Aussicht auf baldigen Feierabend ruiniert hatte.

»Guten Abend!«, grüßte Victor. Befangen blickte er sich um. Wenn man mit Büchern nicht viel zu tun hat, kann ein Buchladen durchaus einschüchternd wirken. »Ich suche ein Buch.«

»Tatsächlich?«, erwiderte die Buchhändlerin spöttisch und kam hinter der Ladentheke hervor, auf der eine unglaublich alte, ja eher schon antike Kasse prangte, als wäre sie einem Schwarzweißfilm entsprungen (wenn man davon absieht, dass Kassen selten springen – in Buchläden ja leider sogar allzu selten auf).

»Ja«, sagte Victor und ließ den Blick über die vielen Regale schweifen, in denen Hunderte, ja wohl Tausende von Werken standen. »Es ist nicht für mich.«

»Aha.« Sie hatte das auf der ersten Silbe betont, was Victor ein wenig ärgerte. Denn dadurch klang es, als hätte sie sagen wollen: »Ich hab's ja gewusst.«

»Sie können eigentlich gerne gehen, Silvia!«, rief von hinten eine andere weibliche Stimme. Sopran, dachte Victor. Und zwar ein schöner. Sogleich lächelten sie beide: der Kunde und die Dame, die bisher mit ihm gesprochen hatte, denn offenbar war diese Person Silvia und hatte nun erfahren, dass der Feierabend doch vor der Tür stand.

»Wir haben aber noch einen Kunden hier!«, rief sie in den rückwärtigen Teil des Ladens. Wer es hätte hören wollen, hätte herausgehört: Kannst du den übernehmen? Wer es nicht hören wollte, hätte es dennoch gehört. »Ich komme gleich!«, rief die Frau von hinten, unverkennbar etwas jünger als die im Laden, die Victor auf vielleicht fünfzig schätzte.

»Gut! Dann bin ich jetzt weg!«

»Alles klar, schönen Abend, Silvia!«

»Danke. Dir auch!«

Victor war ja Eile gewöhnt. Sie war gewissermaßen sein täglich Brot. Aber so schnell hatte er noch selten jemanden in den Feierabend starten sehen. Hätte er noch etwas sagen wollen, er hätte gar keine Gelegenheit mehr dazu gehabt. Und so fand er sich schon Augenblicke später allein zwischen all den Werken, in denen die Welt der Wunder ebenso beschrieben wurde wie die kleinen Morde in der Provinz, die Zeit der Zärtlichkeiten ebenso wie die Stürme der Leidenschaft, in denen Poesie und Pornografie einträchtig nebeneinander existierten, während zwischen Millionen und Milliarden von Zeilen sich Menschen verloren und so viele Leben lebten, die ihnen ohne all diese Bücher auf immer verwehrt geblieben wären. All das ging Victor natürlich nicht durch den Kopf. Stattdessen fragte er sich, wo beginnen. Vielleicht ja bei der Buchhändlerin, die – freundlicher und aufgeräumter als diejenige, die eben fluchtartig den Laden verlassen hatte – hinter ihm die kleine Treppe herabkam und ihm aufmunternd zunickte.

»Was kann ich für Sie tun?«

»Ein Buch«, sagte Victor und breitete die Arme aus.

»Das klingt doch schon mal gut«, erklärte die junge Frau, strich sich eine Haarsträhne aus der Stirn und nickte aufmunternd. »Dann sind Sie hier ja nicht ganz falsch. Was soll es denn sein?«

»Ich wüsste gerne, was man zurzeit so liest.«

Die Miene der Buchhändlerin wechselte von neugierig zu leicht amüsiert. »Man? Wer soll das sein?«

»Frauen?«

»Ganz allgemein? Sie wissen, dass es davon etwa dreieinhalb Milliarden gibt?«

Victor räusperte sich. Der Einstieg war nicht wirklich glücklich. Aber er wollte sich nun auch keine Blöße geben. »Eine bestimmte Frau«, erklärte er deshalb mit einem Lächeln. Als wäre damit alles geklärt.

»Tja. Dann müssten wir jetzt nur ein wenig mehr über diese Frau wissen, nicht wahr?«

Ihre eisblauen Augen schienen ihn zu durch-
leuchten. »Dann könnten wir vielleicht ab-
schätzen, welchen Typus Buch diese Frau
schätzt. Ich nehme an, Sie wollen ihr ein
Buch schenken?«

Das fand Victor in der Tat eine gute Idee,
auch wenn er darauf noch gar nicht gekommen war. Aber wäre nicht ein solches
Bücherpräsent eine gute Gelegenheit, mit
Bianca Martini ins Gespräch zu kommen?
Er würde es natürlich zunächst ganz diskret
und anonym vor ihre Tür legen und das Geheimnis, dass er es dort deponiert hatte, erst
später lüften. Wenn der richtige Zeitpunkt
gekommen war.

»Absolut«, sagte er. »Ich würde es ihr gerne schenken. Allerdings weiß ich nicht allzu
viel über sie …«

»Und was wissen Sie?«

»Nun, Sie … ist anspruchsvoll.«

»Aha? Anspruchsvoll? In welcher Hinsicht?
Literarisch? Kulinarisch? Modisch?«

»Modisch!« Das traf es. »Sie trägt feinste Unterwäsche.«

An dieser Stelle hätte die reizende Buchhändlerin womöglich eine spitze Bemerkung gemacht. Wenn ihr eine eingefallen wäre. So aber schnappte sie nur einmal kurz nach Luft. Nun gut, zweimal. Aber dann fand sie sich immerhin bestätigt. »Männer«, murmelte sie kopfschüttelnd. Dann griff sie hinter sich und nahm ein Werk vom Stapel, das sich offenbar gut verkaufte, denn es gab davon nicht nur einen Band, sondern mehrere. Eine ganze Reihe.

»Hier«, sagte sie. »Schenken Sie ihr das.«

»*Fifty Shades of Grey*.« Victor drehte das Buch etwas ratlos in seinen Händen. »Wenn Sie meinen …«

2

Unvorhergesehene Erkrankungen sind ein ausgezeichneter Grund, ganz außer der Reihe das Bett zu hüten und das ein oder andere Buch zur Hand zu nehmen, welches sonst womöglich gar nicht den Weg auf den Nachttisch gefunden hätte, übertroffen in dieser Hinsicht eigentlich nur von vorhergesehenen Krankenständen. Nun, Bianca Martini hatte alles andere als vorgehabt, krank zu werden. Aber sich endlich einmal einen Heimito von Doderer einzuverleiben (das heißt natürlich: nur sein Druckwerk), dazu passte die Erkältung formidabel. Kaum hatte sich die alte Dame in ihrem Teeladen krankgemeldet, erhoben sich auch schon *Die Dämonen* über ihrem Sofa, umnebelt von Kräuterinfusio-

nen, ätherischen Ölen und Bienenwachsker-
zenduft.

Sogleich nahm dieser große österreichische
Poet sie mit in seine verschrobenen Traum-
welten mit all den seltsamen Gestalten, die
sie bevölkerten, wobei seine Kunst darin bestand, jene sich darin dennoch wiedererken-
nen zu lassen, die sich zur Lektüre entschlossen hatten. Nicht zuletzt Bianca Martini, die
genüsslich die Lippen schürzte, als sie etwa
las: *Aber die Drobila hielt ihren Kurs. Sie stellte ganz bestimmte, sehr konkrete Anforderun-
gen an Mannsbilder. So zum Beispiel wünschte
sie, wenn sie schon einen Mann haben sollte –
die Nachteile dieses Zustands waren ganz klar
vor ihren Augen –, sich um nichts mehr kümmern
zu müssen und geborgen zu sein. Ein Seufzen
glitt ihr über die Lippen. Aber einen Mann haben
und erst recht fürs tägliche Brot arbeiten, das erschien ihr als widersinnig, und sie lehnte es ab. Gar
nicht dumm.* An der Stelle musste sie lachen
und griff zur Bonbonnière. Ein Schlitzohr,

dieser Doderer. Aber sie liebte Schlitzohren, jedenfalls wenn es phantasiebegabte waren.

Und so ging der Vormittag hin mit vergnüglicher, wenn auch durchaus anspruchsvoller Lektüre, über der sich die alte Dame auch für eine kleine Weile einzunicken erlaubte, ehe sie sich am frühen Nachmittag aus ihrem Lager hochkämpfte, um sich eine Kleinigkeit zu essen zu machen. Und frischen Tee.

Während er zog, ließ sie ihren Blick schweifen, und zwar über die Regalreihen Romane und Erzählungen, die längst vom Wohnzimmer bis herüber in die Küche gewuchert waren und die Kochbücher von ihren Regalen gedrängt hatten (Letztere waren in eine Kiste in der Besenkammer gewandert und wurden selten bis gar nicht konsultiert, denn wer mit sechsundsiebzig nicht kochen kann, dem hilft bekanntlich auch kein bedrucktes Papier mehr dabei). Doderer. Das klang ja schon wie eine Figur aus einem seiner Romane. Oder aus einem von Thomas Mann, der sein Personal ja immer wieder mit den absurdesten Namen bedacht hat: Madame Chauchat, Leverkühn oder Pieter Peeperkorn. Wie alle Welt wusste, hatte sich der große Poet diebisch amüsiert, die albernsten Namen für Figuren zu nutzen, die realen Personen nachgedichtet waren. Ein kindisches, aber natürlich für alle Beteiligten köstliches Spiel – allein für die Betroffenen in der Regel wohl eher nicht.

Für Doderer wäre Mann auch kein seltsamerer Name eingefallen, beschloss Bianca Martini und kürte den Wiener zu einem ihrer neuen Lieblingsautoren. Was hatte der Dichter nur für eine eigentümliche Phantasie! Fasziniert und höchst neugierig zog die alte Dame den anderen Band, den sie des Titels wegen gleich mit den *Dämonen* gekauft hatte, heraus und schlug ihn auf. *Ein Mord, den jeder begeht*. Der Mann musste für die Werbung gearbeitet haben! Da will doch je-

der sofort wissen, was das für eine Geschichte ist. Neugierig schlug sie das Buch auf und
las:

*Wer Frau Leontine Castiletz etwa persönlich
gekannt hätte, der müsste dann auch wissen,
dass es ein Wort gibt, welches ihr ganzes Leben
zulänglich umschreibt; es ist ja nicht eben ein
Ausdruck von klassischer Haltung, jedoch hier
vom Gehalte der Wahrheit erfüllt. Jenes Wort
oder Wörtchen heißt: »blümerant«. Sie war eine
blümerante Person, und seit das einmal von irgendjemand ausgesprochen worden, griff es hinter Frau Leontinens Rücken in ihrem Bekann-
tenkreise um sich, ja, es drang am Ende in die
Verwandtschaft ein, wo man sich schon gar
nicht stören ließ, sondern gleich ein Hauptwort
schuf: »Die Blümerante«.*

Leontine. Das Geheimnis eines guten Namens für eine Romanfigur, befand Bianca
Martini, war es, Bilder im Kopf der Lesenden

zu erzeugen. Schließlich ging es darum, sich einen Menschen vorzustellen, den man noch nicht kannte. Der Name hatte dabei einiges zu bedeuten! Das wussten schon werdende Eltern, die – wenn sie auch sonst keine Zeile jemals frei erfinden mochten – doch einmal in ihrem Leben etwas überaus Wichtiges dichteten: den Namen für ihr Kind.

Die alte Dame war in der Hinsicht mit den poetischen Fähigkeiten ihrer seligen Eltern völlig einverstanden. Für den eher prosaischen Nachnamen »Hinterbauer« hatten die beiden nun einmal nichts gekonnt. Und da hatte sie schließlich selbst für Abhilfe geschaffen, indem sie Herrn Martini zum Gatten erkoren und sich flugs mit seinem hübschen Stammesannex geschmückt hatte. Namen sind nun einmal alles andere als Schall und Rauch. Sie sind Worte. Und Worte formen die Gedanken der Menschen. Die Gedanken aber prägen den Blick auf die Welt und damit auch die Wertschätzung, die wir Dingen oder Menschen entgegenbringen. Auch Dingen wie Tee.

Der »Earl Grey« hätte niemals einen solchen Triumphzug erlebt, wäre er nach dem »Butcher Black« benannt worden. Natürlich gab es in der Hinsicht auch fragwürdige Entwicklungen. Im *Kleinen Teelädle* (der von Bianca Martini vorgeschlagene Name *Maison des Thés* war als »zu überkandidelt« abgelehnt worden) stellten die mehr oder weniger reinen, jedenfalls aber klassischen Sorten wie Ceylon, Darjeeling, Sencha oder Oolong nur noch eine verschwindende Minderheit des Sortiments. Die meisten Tees hießen inzwischen *Sommerlust, Winterfreuden, Duftgenuss, Beerentraum, Feel free, Süßes Geheimnis* oder *Entspannungszuber* (auf das fehlende »A« hatte Bianca Martini ihre Chefin aus einer kleinen boshaften Laune heraus absichtlich nicht hingewiesen).

Ceylon war also in Bianca Martinis Fall das Mittel zum Zweck. Denn Tee hilft bekanntlich bei Erkältung, das ist kein Geheimnis. Allein was den Wirkgrad betrifft, so helfen Glückshormone noch um einiges besser. Solche etwa, die man ausschüttet, wenn man sich amüsiert, ja vielleicht auch von Herzen lacht. Wie Bianca Martini, die sich köstlich unterhalten fühlte von Doderers Personenbeschreibungen und ihr kleines Mittagsmahl mit Gedankenexperimenten darüber verbrachte, wen unter ihren Bekannten man wohl mit allumfassend treffenden Wörtern am besten umschreiben könnte. Und wem man welche Thomas Mann'schen Namen geben könnte.

Zeit, einen Blick in das *Kleine Teelädle* zu werfen, das rein zufällig in einer Straße zu finden war, die Victor jeden Tag auf seiner Tour zweimal überquerte. Mehrmals hatte er sogar schon vor dem Geschäft seinen Lieferwagen abgestellt (natürlich in zweiter Reihe, weil ja nirgendwo mehr ein zulässiger Parkplatz zu finden war). Die Inhaberin, Frau Dörfle, war ihm prompt entgegengeeilt, um ihm die längst und sehnlichst erwartete Lieferung neuer Ware abzunehmen. Ohne Erfolg allerdings. Denn für die Tour war Alfred zuständig, der Kollege aus Tschechien, mit dem Victor noch nie ein Wort gewechselt hatte, weil Alfred es schaffte, buchstäblich ununterbrochen seine Kopfhörer im Ohr zu haben und mit irgendjemandem in seiner unverständlichen Sprache zu telefonieren.

Frau Dörfle also, als Inhaberin des *Kleinen Teelädle* auch die Chefin von Bianca Martini sowie zweier anderer schlecht bezahlter Teilzeitmitarbeiterinnen, war eine ebenso patente und energische wie empathiefreie Person, die niemals von alleine darauf gekommen wäre, sich für die Belange ihrer Belegschaft zu interessieren. Deshalb war die alte Dame auch unbesorgt, sie könnte durch einen Anruf, einen Besuch oder gar ein Päckchen mit Stärkungsmitteln aus dem Lädle belästigt werden. Allenfalls wäre eine E-Mail eingegangen mit der Erinnerung an die Krankschreibung, die man schließlich bei der Versicherung vorzulegen habe. Allein, da sich Bianca Martini mit digitaler Kommunikation nicht aufhielt – oder besser: nicht von ihr abhalten ließ, im Hier und Jetzt zu leben –, würde die Begrüßung zurück am Arbeitsplatz fraglos mit den Worten erfolgen: »Haben Sie Ihre Krankmeldung mitgebracht?«

»Selbstverständlich, Frau Dörfle. Ihnen auch einen guten Morgen!«

»Hm. Im Lager müsste noch eine ganze Kiste Hibiskusblütentee sein. Holen Sie die mal und präsentieren Sie die ein bisschen besser.«

»Sie meinen diesen unverkäuflichen *Frühlingsgarten*-Tee?«

»Hm. Ja. Das wird er wohl sein.«

Ziemlich genau so würde es ablaufen,

wenn sich die alte Dame morgen oder übermorgen wieder an ihrem Arbeitsplatz ein-
fand. Einmal mehr würde Frau Dörfle einen ihrer raumgreifenden Schals tragen, die
in ihrer sensationellen Geschmacklosigkeit
nur von ihrer ebenso raumgreifenden Frisur
übertroffen wurden. Denn Frau Dörfle hatte es sich zur Gewohnheit gemacht, allwö-
chentlich nicht nur zum Friseur zu gehen,
sondern auch darauf zu achten, dass die dort
in Auftrag gegebene Haupthaargestaltung
stets hinreichend ambitioniert war.

Aber nicht nur die Inhaberin des kleinen
Teeladens fiel Bianca Martini als Figur mit
literarischem Potenzial ein. Auch der Friseur
selbst – oder vielmehr seine Frau – war mehr
als ungewöhnlich. In einem anderen Leben
wäre sie zweifellos Stenotypistin geworden.
Auch als Notarin hätte sie Karriere machen
können, weil sie so schnell sprach, dass man
beim Zuhören kaum die Wörter unterschei-
den konnte. Was in Bianca Martinis Augen

(oder vielmehr: Ohren) ein Segen war. Denn was die Signora (ihr Mann kam aus Neapel, sie ja eigentlich aus Bottrop) den lieben langen Tag über absonderte ...

Ein Klingeln riss die alte Dame aus ihren Betrachtungen. Seufzend schwang sie sich auf und schlüpfte in ihren Morgenmantel. »Moment!«, rief sie, weil man ja heutzutage nicht schnell genug an der Tür sein kann.

Der Hausmeister! Im blauen Kittel. Herr Schorff. Herr Schroff hätte es besser getroffen. Obwohl er natürlich nur seine Arbeit tat.

»Wir haben festgestellt, dass es ein paar Fahrräder im Hof gibt, die scheinbar keinen Besitzer haben.«

»Aha? Und Sie kommen, um mir das zu erzählen, weil ...?«

»Weil Sie ja vielleicht die Besitzerin eines dieser Fahrräder sind«, erklärte der Mann in Tonlage und Haltung einem Generalstaatsanwalt nicht unähnlich.

»In dem Fall wäre es kein Rad ohne Besitzer, richtig?«

»Richtig. Und dann würden wir es auch nicht entfernen.«

»Oh. Entfernen. Wer ist wir, wenn ich fragen darf?«

»Ich.«

»Verstehe. Pluralis majestatis.«

»Wie bitte?«

»Nichts. Schon gut. Also meines ist das Hollandrad. Das mal roséfarben war.«

»Roséfarben … hm«, murmelte der Hausmeister. »Verstehe. Dann werden wir das nicht entfernen. Also ich. Aber es sollte nicht ewig im Hof stehen.«

»Soll ich es lieber in die Wohnung hinauftragen?«

»Nein, Sie könnten es …« Er wusste aber wohl auch nicht, was sie es könnte. Weshalb er sich mit einem knappen Gruß davonmachte, nicht ohne seinen Kittel stramm zu ziehen (was nicht ganz einfach war angesichts seiner beeindruckenden Leibesmitte). Auch ein Typ für einen Roman, dachte Bianca Martini. Schorff. Leider kannte sie nicht den Vornamen. Aber Ernst hätte gepasst. Dazu der Kittel, die Bereitschaft, sich voll und ganz seiner Aufgabe zu widmen, und das mit größter Ernsthaftigkeit. Stimmt, dachte sie, Ernst, der ernsthafte. Und schloss die Tür mit einem Lächeln.

Man hatte das ja schon gehört: Ein gutes Buch sollte man genießen. Ein Gläschen Wein oder ein Kännchen Tee, ein paar gemütliche Kissen, die Füße hochlegen. Wer mag, macht sich leise Musik an. Eine Duftkerze vielleicht noch! Und natürlich etwas ganz Gemütliches zum Anziehen.

Na schön, es hatte auch jetzt noch fünfundzwanzig Grad, obwohl die Sonne längst untergegangen war. Da war es gemütlicher, so viel wie möglich auszuziehen. Duftkerze war keine zur Hand, aber der Grieche im Erdgeschoss sorgte wie immer für geruchsintensive Stimmung – und auch gleich für leise Musik (wenn man die Fenster schloss, was allerdings angesichts der Temperaturen nicht ratsam war). Immerhin, ein Gläschen Wein hatte Victor zur Hand. Zumindest beinahe. Es war dann doch ein Bier geworden. Und so saß er am geöffneten Fenster, die Füße auf die Fensterbank gestemmt, die kühle Flasche in der einen Hand, das heiße Buch in der anderen. Denn schon nach wenigen Sätzen, die er auf dem Umschlag gelesen hatte, war ihm klar geworden, dass es sich offenbar um etwas Erotisches handelte.

Es war nicht so, als hätten Victor nicht leise Zweifel bewegt, ob ein Erotikroman die ideale Basis war, um mit einer unbekannten Frau ins Gespräch über Literatur zu kommen, hübsche Unterwäsche hin oder her. Aber allein schon, um das Urteil der Buchhändlerin zu respektieren, begann er sich durch das Machwerk zu kämpfen. Während ein warmer Sommerabend der Stadt den Atem raubte, staunte der junge Mann aus dem kleinen Örtchen Pitesti im fernen Rumänien, was deutsche Frauen so lasen. Und nicht nur die! Denn der Roman war ja offenbar Teil einer weltweit erfolgreichen Reihe mit Millionenauflagen. Klar, dass er auch von Hollywood verfilmt worden war, denn dort verfilmte man alles, was sich verkaufte. Also las er neugierig Kapitel um Kapitel. Allein, das Buch wurde auch nach dem dritten Bier nicht besser – allenfalls das Urteil des Lesers milder.

Irgendwann legte Victor den Roman auf den Boden neben sich und den Kopf in den Nacken, lauschte auf die Geräusche des Abends, die durchs offene Fenster hereinwehten: ein Baby, das irgendwo schrie, ein Fernseher, in dem offenbar gerade eine Verfolgungsjagd lief. Ein paar Frauen, die plaudernd im Freien saßen. Die ungelenken Fingerübungen eines wenig begabten Celloanfängers, die sich mit Mikis Theodorakis aus der Taverne unten mischten. Ob das Beethoven sein sollte? Eine Bearbeitung für Schüler. Vielleicht. Vielleicht auch nur von einem Beethovenstück inspiriert.

Die Heldin aus *Shades of Grey* kam ihm in den Sinn. Wie sie sich aufregte: »*Ich muss über zweihundertfünfzig Kilometer nach Seattle fahren, um mich mit diesem mysteriösen CEO von Grey Enterprises Holdings, Inc. zu treffen.*« Zweihundertfünfzig Kilometer, ha! Die fuhr Victor jeden Tag. Und einen Chief Executive Officer von irgendeinem Großunternehmen traf er dabei nie an. Stattdessen: Hausfrauen, Putzfrauen, gestresste junge Mütter, auch mal einen noch mehr gestressten jungen Vater, alte Leutchen und in den Firmen Hilfskräfte und vielleicht mal eine Sachbearbeiterin. Konzernchefs nahmen keine Sendungen an. Sowas ließ man machen. Na ja, vielleicht hatten die ja auch mehr als genug damit zu tun, Interviews für Studentenzeitungen zu geben, so wie in dem Roman. Aber auch das glaubte Victor eher nicht. Vielmehr glaubte er das, was er der Buchhändlerin anderntags zu erklären gedachte.

3

»Da sind Sie ja wieder!«, rief die Buchhändlerin aus, die Victor auf Ende Zwanzig schätzte, also etwa in seinem eigenen Alter, auch
wenn sie natürlich wesentlich mehr aus ihrem
bisherigen Leben gemacht hatte. Denn offenbar war sie hier ja die Chefin, und das beein-
druckte ihn durchaus.

»Ja, guten Tag«, sagte er und nahm umständlich das Buch aus seiner Tasche, in die
er es gesteckt hatte, weil es ihm doch irgendwie peinlich gewesen wäre, damit auf der
Straße gesehen zu werden – oder gar von den
Kollegen. Er räusperte sich. »Also, ich bringe
Ihnen das hier zurück.«

»Oh.«

»Es ist nicht das, was ich gesucht hatte.«

»Das tut mir leid«, sagte die Buchhändlerin und setzte eine bekümmerte Miene auf. Wenn man sie sich ohne Brille vorstellte …

»Also«, sagte sie. »Wenn Sie es gelesen haben, dann …« Sie zögerte.

»Ach so!«, rief Victor aus. »Keine Sorge. Ich will mein Geld nicht zurück.« Er lachte verlegen. »Nein. Aber ich brauche es nicht mehr. Ich dachte, vielleicht können Sie es ja …«

Die Buchhändlerin streckte die Hand danach aus und besah sich das Buch. »Ich habe immer eine Kiste draußen«, erklärte sie. »Mit gebrauchten Büchern.«

»Hab ich gesehen.«

»Für kleines Geld. Man muss auch nicht in den Laden gehen. Für manche Menschen ist das eine Hilfe.«

»Hilfe?« Victor wusste nicht recht, was er davon halten sollte.

»Wegen der Hemmschwelle. Manche Menschen haben Hemmungen, einen Buchladen zu betreten.«

»Tatsächlich? Warum das denn?«

»Sie fürchten vielleicht, sie wären nicht gebildet genug«, schlug die junge Frau mit einem freundlichen Lächeln vor.

Victor grinste. »Seltsame Idee«, sagte er. »Man geht doch in den Buchladen, um gebildeter zu werden.«

»Das kann man so sehen, ja«, entgegnete die Buchhändlerin fröhlich. »Soll ich das Buch in die Kiste tun?«

»Machen Sie damit, was Sie möchten. Ich glaube nicht, dass es den Leserinnen viel Bildung bringt.«

»Wer weiß«, sagte die Buchhändlerin geheimnisvoll. »Was man aus einem Buch mitnimmt, hängt ja nicht nur von dem ab, was drinsteht.«

»Nicht?«

»Es kommt auch darauf an, wer es liest.«

So hatte es Victor noch nie betrachtet. Er nickte und ließ seinen Blick über die Regalwände schweifen.

»Es tut mir leid, dass meine Empfehlung nicht gepasst hat.«

»Oh, Sie können nichts dafür!« Der junge Mann zuckte die Schultern. »Es war meine Schuld. Wie soll man jemandem etwas empfehlen, der einem kein bisschen weiterhilft?«

»Sollen wir es noch einmal mit etwas anderem versuchen?«, wollte die Buchhändlerin wissen. »Vielleicht haben Sie ja doch noch einige Informationen über die … über Ihre …«

Über meine, dachte Victor. Das ist sie sicherlich nicht. Höchstens meine Phantasie. Aber das wollte er der Buchhändlerin lieber nicht auf die Nase binden. »Hätten Sie sich denn dieses Buch ausgewählt?« Er blickte zu den *Shades* hin.

»Ich? Nein. Das ist nicht die Art von Romanen, die ich gerne lese.«

Victor starrte etwas ratlos erneut auf die Regale mit all den Büchern, die ihrerseits auf ihn herabzublicken schienen. »Hm. Und welche Romane lesen Sie gerne?«

An diesem Tag fiel es Victor Iordanescu schwer, seine Tour zu Ende zu bringen. Allzu neugierig war er auf den Roman, den ihm die Buchhändlerin als eines ihrer Lieblingsbücher mitgegeben hatte: *Der lange Weg nach Hause.* Von einer Engländerin, Rose Tremain. Nicht, weil es ihre Empfehlung gewesen war, sondern erstens, weil auf dem Umschlag eine Zeile aus einer Kritik stand, die ihn unvermittelt an seine beiden Lieblingskomponisten hatte denken lassen, Khachaturian und Ligeti: »Wild und wunderschön und voller Wehmut.« Vor allem aber, weil er schon auf der ersten Seite seine enge Verwandtschaft mit dem Helden erkannt hatte. Denn wie er selbst, war auch besagter Lev mit dem Bus aus dem fernen Osten Europas in den Westen gereist, um dort nach einem besseren Leben zu suchen. Einem Leben mit Arbeit, Einkommen, Perspektive. Schon jetzt hoffte Victor, dass Lev das Glück hold sein würde. Das würde er eindeutig als Hoffnungsschimmer für sein eigenes Vorankommen werten. Und falls die Geschichte schlecht ausging, konnte er sich immer noch sagen, dass es ja nur ein Roman war.

Mit den Gedanken an dieses Buch hatten sich nun schon zwei Dinge in seinem Kopf breitgemacht, die ihm einiges an Konzentration raubten. Denn natürlich geisterte auch Bianca Martini immer wieder durch seinen Tag. Er sah sie an der Kreuzung Rosenstraße/Fliederweg (die elegante Dame mit dem Labradoodle), entdeckte sie in einem Café am Kurpark (mit einem Buch in der Hand), erkannte sie in der jungen Mutter, die einen Kinderwagen über die Alte Allee schob (und dabei zu seinem großen Entzücken ein Lied für das Baby sang). Bis er beinahe einen etwas zotteligen Hund überfuhr, dessen Fell sich kaum vom Straßenpflaster der Heinestraße unterschied. Er konnte gerade noch rechtzeitig bremsen. Das heißt: fast rechtzeitig. Denn tatsächlich war der Hund zwar noch vor dem rechten Vorderrad vorbeigehumpelt und glücklicherweise nicht bis zum linken gekommen – dies allerdings nur, weil Victor beim Bremsen mit dem Reifen auf der Spitze seines Schwanzes zum Stehen gekommen war. Nur ein paar Zotteln Hundefell zum Glück! Das Tier schien nicht verletzt, sondern lediglich verstört, aber alt genug, um nicht gleich um sich zu beißen.

Vorsichtig zog Victor das Schwanzende unter dem Reifen heraus, denn den Wagen wieder in Bewegung zu setzen, wagte er nicht. Am Ende wäre das Tier womöglich doch noch vor sein Auto gesprungen. Und während er ihn befreite, redete er leise und beruhigend auf den Hund ein. »Tut mir leid, mein Guter«, sagte er. »Ich habe dich nicht gesehen. Meine Schuld. So, jetzt komm, wir befreien dich, ja? Keine Angst. Alles wird gut.« Tatsächlich schien das Tier zu verstehen, dass Victor es gut mit ihm meinte. »Hast du denn kein Herrchen oder Frauchen, dass du hier ganz alleine herumstreunst?« Er blickte sich um. Doch es war weit und breit niemand zu sehen, dem der Hund hätte gehören können. Das Halsband! »Lass uns doch mal schauen«, meinte Victor und griff nach dem Band. Keine gute Idee. Das war dem Hund eindeutig zu viel. Er schnappte kräftig zu – nun ja, so kräftig, wie es einem Hund biblischen Hundealters eben möglich war. Kein Problem für den jungen Mann, seine Hand schnell zurückzuziehen. »Du hast recht, erst einmal müssen wir Bekanntschaft schließen.« Er hielt ihm die Hand hin, ließ den Hund daran schnüffeln und streichelte ihm dann übers Fell. Danach war auch der Griff ans Halsband kein Problem mehr. Nur dass dort keine Hundemarke zu finden war.

Was macht man mit einem Hund, der keine Marke hat und der einem unvermittelt zugelaufen ist? Ihn ins Tierheim bringen? Victor hatte sofort die desolaten Tierheime in Rumänien vor Augen. Keine gute Idee. Man konnte einfach nicht wissen, wie es dem Tier dort ergehen würde, auch wenn die Deutschen alles und jeden viel strenger kontrollierten und tausendmal so viele Vorschriften hatten als alle anderen, vermutlich auch für Tierheime. »Fürs Erste kannst du bei mir bleiben«, murmelte Victor. »Wir hängen einen Zettel auf. Hoffentlich meldet sich dein Besitzer.« Er stellte den Hund, der die ganze Zeit über auf dem Pflaster gelegen hatte, auf die Beine und gab ihm einen sanften Schubs. »Hopp! Du musst zu mir in den Wagen. Ich bin sowieso schon zu spät dran!«

Als sich das Tier nicht bewegte, schob Victor es ein Stück Richtung Beifahrertür und bemerkte, dass es humpelte. »Oje. Du hast ein verkrüppeltes Bein«, stellte er fest. Ob das der Grund war, weshalb der Hund alleine hier draußen herumlief? Hatte man ihn ausgesetzt, weil er Arbeit machte? Weil er nicht mehr funktionierte?

Seufzend hob Victor das Tier in den Wagen, schloss die Beifahrertür, stieg dann selbst ein und sah seinen neuen Begleiter einen Moment nachdenklich an. »Ich nenne dich …« Er blickte auf seinen Tagesplan, erinnerte sich an seine Kindheit, als er selbst einen Hund gehabt hatte, der neben ihm unter dem Baum gesessen hatte, wenn Victor in seinem Lieblingsbuch las: *Robinson Crusoe*. »Freitag. Ich nenne dich Freitag.«

Und so kam es, dass Victor Iordanescu aus Rumänien und Freitag aus der Heinestraße den Rest der Tagestour gemeinsam fuhren. Und nicht nur dieses Tages, sondern vieler weiterer. Denn bald schon war Freitag für Victor ein treuer Gefährte, auf den er nicht mehr verzichten mochte.

Später am Abend – die Tour hatte so lange gedauert wie noch nie – saßen die beiden neuen Freunde in Victors Wohnung. »Also, ich habe da ein Buch, auf das ich ziemlich neugierig bin. Einverstanden, wenn ich es dir vorlese?« Freitag hatte nichts dagegen, sondern blickte nur mit heraushängender Zunge schräg zu ihm auf und räkelte sich im Übrigen auf dem Kissen, das ihm Victor neben den Sessel gelegt hatte. Die beiden neuen Freunde waren rechtschaffen müde, nachdem sie auch noch einige Zettel in der Nähe der Stelle aufgehängt hatten, wo sie sich begegnet waren:

Herrenloser Hund zugelaufen. Betagter Herr,
graubraunes Fell, verletzte Hinterpfote,
treuer Blick, gutes Herz.
Telefon ★★★

Die folgenden Stunden vergingen für beide in einer Parallelwelt in London, wohin sich der Held der Geschichte begeben hatte, um sein Glück zu machen. Wer zuerst eingeschlafen war, ließ sich im Nachhinein ebenso wenig sagen, wie wer zuerst vom Hunger geweckt wurde. Jedenfalls genossen die beiden, der Hund und sein neues Herrchen, ein sehr spätes Nachtmahl, ehe sie noch einmal kurz nach draußen gingen, weil Freitag den jungen Mann überaus bestimmt daran erinnerte, dass Hunde bisweilen Bedürfnisse haben, für die sich die Menschen selbst zwar in die kleinste Kammer ihres Hauses zurückzogen, die sie aber von Tieren lieber im Freien verrichtet sahen.

Seit Victor sich entschlossen hatte, die Welt der Bücher zu erkunden, sah er überall Bücher – und Menschen, die Bücher lasen! An der Bushaltestelle (an der Freitag sehr intensiv schnupperte und auch sein malades Bein hob), auf einem Plakat in einem Reisebüro (wo eine Frau mit großem, weißem Hut in der Hängematte sich in einem Buch wegträumte), in einem Bücherschrank Ecke Rotkehlchenweg (Victor hatte den Kasten im schnellen Vorüberfahren immer für eine Telefonzelle gehalten) – wohin man auch sah, man sah Literatur und Nasen, die über Büchern schwebten. Sicher, die Stadtbibliothek war nicht weit von Victors Wohnung entfernt, allerdings immer geschlossen, wenn er endlich heimkam. Sogar ein »Büchercafé« hatte er entdeckt! Allerdings schienen die Druckwerke dort hauptsächlich aus Gründen der Dekoration in den Fenstern und Regalen zu stehen. Und dann natürlich gab es einen »Buchmacher« in der Nähe – aber das meinte etwas ganz anderes, wie Victor rasch feststellte.

Freitag markierte zuverlässig alle literarisch relevanten Orte (und auch die meisten, die dazwischen lagen) und trottete langsam hinter seinem neuen Herrchen her, zumal es ihm mit dem verkrüppelten Bein schnell nicht gelingen wollte. Für Victor, der es gewöhnt war, den ganzen Tag mit dem Lieferwagen durch die Stadt zu hetzen, und der niemals für irgendetwas genügend Zeit hatte, war es eine ebenso ungewohnte wie angenehme Erfahrung, dass man auch piano in der Welt unterwegs sein konnte, sogar in dieser westlichen Turbogesellschaft! Und während in seinem Kopf entsprechend elegische Melodien Form annahmen, die er sich vor dem Schlafen noch dringend würde notieren müssen, spazierte er durch das Viertel und fand zum ersten Mal, dass es dort, wohin es ihn verschlagen hatte, eigentlich ganz schön war.

Bianca Martini unterdessen hatte ebenfalls die Gesellschaft von Haustieren gefunden, allerdings von gefiederten: *Die nachdenklichen Hühner* hatte sie sich bestellt, eine Sammlung von Petitessen eines Italieners mit dem klangvollen Namen Malerba. Angeblich hatte der großartige Calvino über dieses Werk gesagt, es handle sich um nicht weniger als Bilder der menschlichen Seele »in all ihren hühnerhaften Aspekten«. Entschlossen, sich mit diesem unernsten kleinen Büchlein so köstlich wie möglich zu amüsieren (weil das ja bekanntlich die Gesundung in ganz besonderer Weise befördert), hatte sich die alte Dame in ihren Lieblingssessel begeben, der nur zufällig nah genug an der Kommode stand, in der sich die Pralinen befanden, sich eine Decke über die Beine gelegt und dann in die oberste Schublade gegriffen, um zu prüfen, wie viele denn noch von den Champagnertrüffeln und den Nougat-Pralinen vorhanden waren (zunächst noch überraschend viele). Doch die Hühner mochten Bianca Martini nicht so recht überzeugen. Im Gegenteil wunderte sie sich etwas über Calvinos Geschmack in dieser Sache, denn dieser Schriftsteller hatte deutlich mehr ironischphilosophische Tiefe. Nach einigen Seiten legte sie das Buch beiseite und beschloss, es an einem anderen Tag noch einmal damit zu versuchen, denn auch das ist ja eine wichtige Erkenntnis passionierter Leserinnen: dass man für jedes Buch den richtigen Zeitpunkt finden muss. Manchmal passt es einfach nicht. Nun, sie würde es mit einem kleinen Bändchen von Erzählungen probieren, die einer ihrer Lieblingsschauspieler vor kurzem veröffentlicht hatte. Vielleicht konnte der Mann ja nicht nur spielen, sondern auch schreiben. Immerhin musste man für beides mit Sprache umzugehen verstehen.

Zu ihrer Erleichterung stellte die ehemalige Redakteurin und jetzige Teeverkäuferin fest, dass der Höhepunkt der Erkältung schon erreicht zu sein schien: Die Nase lief munter vor sich hin, der Hals war leicht angeschwollen, das Fieber indes ging zurück – und die Müdigkeit war überwältigend. Weshalb die alte Dame beschloss, es mit den Lektüren

für diesen Tag genug sein zu lassen und endlich ins Bett zu gehen. Ein weiser Entschluss,
zumal sie sich bezüglich der Erkältung doch
ziemlich getäuscht hatte …

4

Hunde halten es lange aus, ohne nach draußen zu müssen, das wusste Victor seit seiner Kindheit. Allerdings war er sich nicht sicher, ob sein neuer Begleiter das auch wusste – vor allem, ob er wusste, wie lange eine große Tour mit dem Lieferwagen dauerte. Dazu noch der Weg zurück zur Zentrale und wieder nach Hause, zu Fuß oder mit den Öffentlichen … Im Grunde wäre das Tier den ganzen Tag vom frühen Morgen bis zum Abend alleine zu Hause gewesen. Selbst wenn er kein dringendes Bedürfnis gehabt hätte, das war ja nicht zumutbar. Also knotete Victor drei Meter Paketschnur an Freitags Halsband und nahm ihn kurzerhand mit.

»Hunde sind im Lieferwagen nicht erlaubt,

Iordanescu«, erklärte Zumteufel, sein Vorgesetzter, mit einem kurzen Blick auf das Tier.

»Ist kein Hund«, sagte Victor.

»Aha? Sondern?«

»Ein Freund.«

»Private Fahrten sind auch nicht erlaubt.« Zumteufel zuckte müde mit den Schultern.

»Ist nicht privat.«

»Nicht, ja?«

»Nein. Ist meine Security«, sagte Victor. »Mir wollte vor ein paar Tagen jemand was aus dem Wagen klauen, als ich gerade ausliefern war.«

»Tatsächlich? Hm. Und dieser alte Köter soll irgendjemanden in die Flucht schlagen?«

»Ist psychologisch«, sagte Victor und nickte nachdrücklich.

»Also schön, ich weiß von nichts«, sagte Zumteufel.

»Wovon?«

»Keine Ahnung.«

»Gut.« Victor winkte seinem Chef zu und

scheuchte Freitag in den Lieferwagen. Das heißt: Er hob ihn hinein. »Das müssen wir noch üben«, raunte er ihm zu und bemühte sich, Zumteufel die Sicht auf die kleine Hilfsaktion zu verstellen. War eben nicht so einfach mit einer kaputten Hinterpfote.

An diesem Tag war die Tour einigermaßen entspannt. Die auszuliefernde Menge an Paketen war überschaubar, der Verkehr passabel, Victor war gut in der Zeit. Das erlaubte den beiden, noch ein wenig Futter zu besorgen, eine Hundebürste und ein Shampoo, das für Vierbeiner geeignet war. Denn so freundlich und sympathisch der neue Mitbewohner war, er roch. Nach Hund. Vielleicht etwas mehr als üblich. Außerdem war sein Fell so verzottelt, dass es nicht schwerfiel, sich vorzustellen, wie lange er schon alleine draußen unterwegs gewesen sein musste. Deshalb war der Blick, den der junge Mann immer mal wieder auf sein Handy warf, um zu sehen, ob nicht eine Nachricht oder ein Anruf wegen des Hundes eingegangen war, eher symbolisch. Eigentlich hatte Victor vom ersten Moment an nicht damit gerechnet, dass jemand sich wegen dieses alten Straßenköters melden würde.

Wie es der Zufall wollte, war Freitag offenbar auch musikalisch. Natürlich war das ein eher ungünstiger Zufall. Denn es war den meisten Stücken, die Victor sich im Radio anhörte, nicht besonders zuträglich, wenn sie von einem Hund mitgejault wurden. Nun, immerhin würden sie mit dieser Nummer auftreten können, falls es mit dem Paketzustellen irgendwann einmal nichts mehr sein sollte. Victor konnte dann sein Cello mit auf die Straße nehmen, einen Hut hinlegen und Freitag die Königin-der-Nacht-Koloratur singen lassen oder – realistischer – *Ich weiß nicht, was soll es bedeuten* mit gejaulter Begleitung zum Besten geben.

In den Pausen teilten sie sich die belegten Brote, und Freitag lauschte seinem neuen

Herrn, der ein paar Seiten aus *Der weite Weg nach Hause* vorlas. Es war die Geschichte eines einsamen Mannes, der eigentlich nur ein einigermaßen gutes Leben führen wollte. Kein besonderes. Nur eben kein besonders schlechtes. Eines, wie es andere Menschen führten, die Arbeit haben, eine Familie, Kinder vielleicht, die ein gewisses Maß an Anerkennung genießen und sich nicht täglich Sorgen um das Morgen machen müssen. Wie konnte es sein, fragte sich Victor, dass man eine so banale Geschichte so mitreißend schreiben konnte? Dass der Leser dringend wissen wollte, wie es weiterging, obwohl doch eigentlich nichts geschah, was nicht völlig alltäglich gewesen wäre? Je weiter er in der Geschichte vordrang, umso weiter drang die Geschichte in ihn ein, nahm ihn mit und ließ ihn das Leben aus der Sicht des Helden erleben – der bei weitem nicht immer heldenhaft war! Sich manchmal sogar wie ein schrecklicher Idiot benahm, den man aber trotzdem nicht einfach verurteilen konnte. Denn er war eben fehlbar, wie alle Menschen.

Und wie alle Hunde. Aber das wusste Victor nicht, das wusste nur Freitag. Und der behielt es für sich.

So verging der Tag mit einer Mischung aus eiliger Hast und kurzen, ruhigen Pausen. Und so verging auch der nächste. Es kam kein Anruf, die ausgehängten Zettel wellten sich im Regen, das Buch neigte sich dem Ende zu, und Freitag wurde zum ständigen Begleiter des jungen Paketboten, der im Fußraum des Beifahrersitzes eine gemütliche Decke ausgebreitet hatte, auf der es sich für einen zotteligen Dreieinhalbbeiner gut aushalten ließ.

Der Palazzo war von Fackeln illuminiert. Hinter den erleuchteten hohen Fenstern konnte Bianca Martini das lebhafte Spiel bewegter Figuren sich abzeichnen sehen. Ein wunderbarer Kontrast zum nebligen Dunkel der hereinbrechenden Nacht.

Der livrierte Diener am Eingang kontrollierte ihre Karten, nahm ihnen die Mäntel ab und wies die Treppe hinauf. Sie waren etwas verspätet, und als sie in den großen Saal eintraten, bereits ein Glas Champagner in den klammen Händen haltend, hatten die meisten der über hundert Gäste bereits an der gewaltigen Tafel Platz genommen. Ein Bediensteter im weißen Jackett mit Goldknöpfen schritt ihnen würdevoll voran bis zum oberen Ende der Tafel, dorthin, wo man die weniger würdigen Gäste platziert hatte. Denn sie waren natürlich weder adelig noch reich und schon gar nicht alteingesessen, schließlich lebten sie auf der Giudecca, wo die Arbeitslosen und Säufer, die Huren und Tagelöhner ihr Zuhause hatten.

Venedig? War sie wirklich in Venedig? Wie war sie nur dorthin gekommen? Staunend sah Bianca Martini sich in dem prachtvollen Anwesen um, das erleuchtet war von tausend Lüstern, in dem sich alle Welt eingefunden hatte (aber natürlich nur diejenigen, die etwas galten in der Stadt), wo an Prunk nicht nur nicht gespart wurde, sondern wo jeder Kaffeelöffel wertvoller war als die ganze Kücheneinrichtung in der Kastanienallee 17. Und nun das: Plötzlich stand ein barockes Kleid aus purpurrotem Samt mit feinsten Verzierungen und hochgebauschtem krinolinenartigem Unterbau vor ihr. Wie aus dem Nichts war es aufgetaucht. Die Dame, die es beherbergte und die oberhalb der Hüfte in einem beeindruckend engen Korsett steckte, sodass ihre Brüste fast am Halse klebten, sprach Englisch mit amerikanischem Akzent. Wortreich und höflich hieß die Gastgeberin sie willkommen. Eine malerisch aufgeputzte Kapelle, die am Eingang des Saales postiert war und aus fünf falschen »Zigeunern« bestand, begann einen Wiener Walzer zu spielen, und wie auf ein Zeichen drehte sich das Kleid wieder um, entblößte einen von Seidenschnüren gefesselten nackten Rücken und entschwebte in die Tiefe des Raumes, während Bianca Martini sich zu ihrem Begleiter umwandte – und vom Sofa fiel, und zwar geradewegs auf *Die Seerose im Speisesaal*, eine hinreißende Sammlung von Erzählungen, in der sie vorhin noch gelesen hatte und in der – rein zufällig – genau die Szene vorgekommen war, in die sich die alte Dame unvermittelt hineingeträumt hatte.

Am übernächsten Abend durfte der betagte Herr mit den Schlappohren Victor zum Buchladen begleiten. »Guten Abend.«

»Guten Abend«, grüßte die Buchhändlerin zurück. Sie lächelte dem Hund zu (was Victor positiv für sie einnahm) und musterte dann ihren neuen Kunden mit fragendem Blick. »Bringen Sie mir wieder ein Buch zurück?«

»Nein«, antwortete der junge Mann und klopfte auf die Tasche, in der er den Roman hatte. »Diesmal habe ich etwas anderes damit vor. Diesmal war's eine gute Empfehlung!«

»Das freut mich«, entgegnete die Buchhändlerin mit wissendem Blick. »Sind Sie schon durch?«

»Ja. Ich habe es mit Vergnügen gelesen. Und ich war gespannt, wie es ausgeht.«

»Verstehe. Und nun suchen Sie etwas Neues?«

»Ja.« Victor ließ den Blick über die Regalwände schweifen, entdeckte einen gemütlichen Lesesessel am Schaufenster, der ihm bisher noch gar nicht aufgefallen war, bewunderte die roten Samtvorhänge, die auch von außen wunderschön und geheimnisvoll aussahen, und überlegte laut: »Vielleicht gibt es ja eine Geschichte mit einem Hund?«

»Mit einem Hund. Natürlich.« Ein leicht spöttisches Lächeln umspielte die Mundwinkel der Buchhändlerin, das kannte Victor schon, und es störte ihn, auch wenn es eigentlich ganz hübsch aussah. Aber er mochte es nicht besonders, wenn man sich über ihn lustig machte. Er selbst durfte das, und er tat es auch gerne. Aber andere … vor allem Frauen … Irgendwie fühlte er sich dadurch zurückgesetzt. »Vielleicht suche ich mir selbst etwas«, erklärte er.

»Natürlich.« Die Buchhändlerin trat einen Schritt zur Seite und bedeutete ihm, sich umzusehen. »Und falls Sie Hilfe brauchen, sagen Sie es mir einfach.«

»Gerne. Danke.«

Und er sah sich um. Stöberte zuerst unter den Stapeltiteln, die vor den Regalen lagen: Krimis, romantische Liebesgeschichten, Historisches. Bücher zu bestimmten Jubiläen (große Musiker, Maler und Gelehrte hatten Jahrestage, die mit neuen Publikationen gefeiert wurden – seltsamerweise wenige Frauen darunter). Romane über berühmte Frauen (große Abenteuerinnen, Künstlerinnen, Frauenrechtlerinnen – seltsamerweise wenige Männer darunter). Allerdings kaum Romane über Hunde (schon gar keine berühmten).

Da!

Friedolin ist ein kleiner Welpe, der eines Tages vor Lisas Tür steht und sie mit großen Augen ansieht. Er ist der süßeste Hund der Welt. Von jetzt an werden die beiden ein unzertrennliches Paar sein. Denn Lisa ist unheilbar krank und weiß, dass sie nicht mehr lange zu leben haben wird …

Schnell stellte Victor das Buch wieder zurück. Wer wollte das denn lesen? Aber vielleicht gab es ja auch noch andere Hunderomane. Katzenromane gab es zuhauf, wie er interessiert feststellte, während Freitag vergeblich versuchte, auf den Lesesessel zu springen. Es gab lesende Katzen und philosophierende Katzen. Kluge Kater und raffinierte. Elegante Katzendamen. Katzen mit Samtpfoten und mit scharfen Krallen …

Immer wieder schlug er einen Roman auf, der mit einem Brief begann. Das war wirklich auffällig. Als Paketbote war er naturgemäß einem Briefträger sehr verwandt. *Der Brief, der alles verändern sollte, kam an einem Dienstag*, las er etwa. *An einem ganz gewöhnlichen Vormittag Mitte April, der nach frisch gewaschener Wäsche und Grasschnitt roch.* Und wenige Zeilen später: *»Harold!«, rief Maureen über den Staubsaugerlärm hinweg. »Post!«*

Victor musste lächeln. Wie oft war sein Eintreffen wohl schon über den Lärm eines Staubsaugers hinweg angekündigt worden? Wie oft war der Ehemann schon an die Tür geschickt worden, wenn Victor mit seinem Wagen draußen vorfuhr? *Die unwahrscheinliche Pilgerreise des Harold Fry* begann mit dieser Szene, und Victor beschloss, dass er ihr auf den Grund gehen wollte. Ebenso wie ein schlankes Bändchen mit dem Namen *Adressat unbekannt*. Das schien ja geradezu auf ihn zu warten. Ein Buch, dessen Titel Victor praktisch täglich selbst verfasste, an den meisten Tagen sogar mehrfach!

Es war ein Briefroman, also eine Erzählung, die nur aus Briefen bestand, erfundenen natürlich. *»Nun bist du also wieder in Deutschland«*, lautete der erste Satz. Es waren die Worte, die seine Mutter am Telefon zu ihm gesagt hatte, als er sie nach seiner Rückkehr aus dem Urlaub zum ersten Mal angerufen hatte. Doch das folgende *»Wie sehr ich dich beneide!«*, hätte seine Mama niemals über die Lippen gebracht. Schon weil sie es nicht so empfand. Sie hätte ihre Heimat nie verlassen. Viel zu lieb waren ihr die vertrauten Töne, Gebräuche, Ansichten, die sie dort umgaben, zwischen Sibiu und Bukarest, der Gegend, aus der Victor kam.

Der Oberst hat niemand, der ihm schreibt legte der junge Mann lieber wieder beiseite, das Buch war ihm nicht geheuer, vielleicht weil er mit Militärs nicht allzu viel anfangen konnte. Dafür zog ihn ein anderes Werk geradezu magisch an, weil es ebenfalls wie für ihn geschrieben war. Es trug den Titel *Die falsche Kiste* und war von Stevenson, dem die Welt bekanntlich die *Schatzinsel* verdankte. Ob ein Schatz in der besagten Kiste war? Ob es sich womöglich nur um genau das handelte, was er selbst tagtäglich erlebte, dass nämlich nichts dorthin zu gehören scheint, wohin es adressiert war? »Ein verrücktes Lustspiel voll Leichen, einander nachjagender Gauner und betrogener Betrüger« versprach der Text auf dem Umschlag. Als hätte Stevenson gewusst, dass es bei besonders großen und schweren Warensendungen unter den Kollegen üblich war, sich über das Gewicht der Leiche zu beschweren, die es mal wieder zu befördern galt …

Ein kleines Buch mit dem Titel *Bezaubert* fand den Weg zu Victor wie von selbst. Es lag einfach plötzlich obenauf, bei dem Stapel an der Kasse, als hätte es jemand zufällig gerade dort liegenlassen. Victor jedenfalls konnte sich nicht erinnern, es bewusst zur Hand genommen zu haben. Aber manchmal hilft ja auch der Zufall etwas nach. Und vielleicht war es ein Wink des Schicksals, dass nicht er das Buch gefunden hatte, sondern sozusagen das Buch ihn. Also nahm er es mit.

Am Ende hatte Victor ein halbes Dutzend Bücher zusammengestellt, die ihn neugierig genug gemacht hatten, um sogleich für die nächsten Lesestunden vorgesehen zu werden, allerdings keines über einen Hund. Das jedoch fiel ihm erst auf, als er gemächlich mit Freitag den Weg nach Hause ging und sie an einem der Bäume stehen blieben, an denen sie die Steckbriefe aufgehängt hatten (und Freitag sein Bein hob, um schon mal klarzumachen, um welchen Hund es dabei ging).

Victor hatte die Sprache seiner neuen Heimat schnell und ziemlich perfekt gelernt, was ihm nicht allzu schwergefallen war, da seine Großeltern Deutsch miteinander sprachen, wenn auch ein sehr altmodisches. Dadurch war ihm diese seltsam-schöne Sprache mit ihrem sehr eigenen Rhythmus seit jeher vertraut gewesen. Dennoch staunte er nun, da er in seinen kurzen Pausen im Lieferwagen saß und Freitag vorlas, wie eigentümlich manche Formulierung, wie unerwartet manches Bild war, das der Erzähler für ihn bereithielt. Und mitunter staunte gar der Erzähler selbst! Ein gewisser Friedrich Torberg etwa, der im Epilog zu einem Buch über *Die Tante Jolesch* zu der Erkenntnis kam:

Rätselhafterweise gibt es im Deutschen eine Reihe von Negativ-Adverben – »unwirsch«, »ungestüm«, »unflätig« –, zu denen sich kein Gegenteil bilden lässt. Sonst könnte ich nämlich sagen, dass ich … versehens in die Emigrationszeit geraten bin.

Oft schienen die Sätze ganz andere Wege durch die Synapsen seines Gehirns zu nehmen als in seiner Muttersprache! Manches blieb auch schwer verständlich – oder gar nicht.

Suchend, der Strom schien sich zu straffen in der beginnenden Nacht, seine Haut knitterte und knisterte; es schien, als wollte er dem Wind vorgreifen, der sich in der Stadt erhob, wenn der Verkehr auf den Brücken schon bis auf wenige Autos und vereinzelte Straßenbahnen ausgedünnt war, dem Wind vom Meer, das die Sozialistische Union umschloss, das Rote Reich, den Archipel, durchädert durchwachsen durchwuchert von den Arterien Venen Kapillaren des

Stroms, aus dem Meer gespeist, in der Nacht der Strom, der die Geräusche und Gedanken mit sich nahm auf schimmernder Oberfläche, das Lachen und den Ernst und die Heiterkeit ins sammelnde Dunkel …

Und das war nur der erste Halbsatz eines Romans, dem der Autor den so einfachen und interessanten Titel *Der Turm* gegeben hatte. Nun gut, vielleicht lag es daran, dass dies, wie die Überschrift des Kapitels verriet, die »Ouvertüre« war (was diesen besonderen Leser ja zunächst sehr angesprochen hatte). Victor blätterte weiter, vor zum »I. Buch: Die Pädagogische Provinz«, das immerhin mit dem Kapitel »I. Auffahrt« begann – ebenfalls ansprechend für einen Mann, dessen Leben zwischen Musik und Straßenverkehr changierte:

Die elektrischen Zitronen aus dem VEB ›Narva‹, mit denen der Baum dekoriert war, hatten einen Defekt, flackerten hin und wieder auf und löschten die elbabwärts liegende Silhouette Dresdens. Christian zog die feucht gewordenen, an den wollenen Innenseiten mit Eiskügelchen bedeckten Fäustlinge aus und rieb die vor Kälte fast taub gewordenen Finger rasch gegeneinander, hauchte sie an – der Atem verging als Nebelstreif vor dem finster liegenden, in den Fels gehauenen Eingang des Buchensteigs, der hinauf zu Arbogasts Instituten führte.

Nun ja. Elektrische Zitronen? War das ein Bild, das er nicht verstand, oder war das wörtlich gemeint? Ein VEB, ja gar ein VEB ›Narva‹? Geschäfte kamen in dem Text vor, düster und »mit aschigen Konturen«. In der »Tunnelhöhlung« dann »ein schieferiges Knarren«. Zwei Seiten später schließlich entließ die Tunnelhöhlung ein Oval gegen den feuersteingrünen Himmel (das war die Stelle, an der unser Held im Falle dieses Buches zumindest vorläufig aufgab).

Victor staunte. Ob die Deutschen solche Begriffe jemals wirklich in den Mund nahmen? Andererseits: Man lief ja auch nicht ständig ein Streichquartett von Arnold Schönberg pfeifend durch die Straßen. Nicht mal er tat das. Und er war vom Fach. Andererseits: Schönberg wäre schon eine ziemliche Herausforderung gewesen …

Freitag nahm die Lesestunden (eigentlich waren es nur Minuten, außer wenn die beiden abends in der Wohnung zusammensaßen) hin und lauschte oder tat zumindest so mit derselben gelassenen Unaufmerksamkeit, egal, ob Victor deutsch las oder rumänisch sprach. Mitunter schien ihn der Geruch der Bücher mehr zu interessieren als der Inhalt, denn er schnupperte stets neugierig, wenn Victor eine neue Lektüre zur Hand nahm.

Die Bücher hatten nun einen Platz im hinteren Teil des Lieferwagens gefunden: ein leerer Karton, der als eine Art Handbibliothek diente und den Victor mit einem Gum- mizug auf einem der Regale befestigt hatte, damit er nicht runterfiel. Der Vorteil dieses Arrangements war, dass er stets die unter- schiedlichsten Lesestoffe zur Hand hatte und auch einmal von einem Buch zum ande- ren wechseln konnte, ohne warten zu müs- sen, bis sie wieder nach Hause kamen. Der Nachteil freilich war, dass die Touren immer länger wurden. Denn immer wieder ertapp- te sich der junge Mann dabei, wie er nach einem der Bücher griff, obwohl er eigent- lich nach einem auszuliefernden Paket hätte greifen sollen.

Auch stellte sich heraus, dass Bücher einen geradezu aufforderten, über sie zu sprechen. Frau Zeller zum Beispiel aus der Reutlinger Straße: Er hatte ihr schon häufig Büchersen- dungen gebracht. Neuerdings aber gab sie ihm immer wieder Retouren mit. »War das Buch beschädigt?«, fragte er einmal.

»Beschädigt?«

»Oder hat man Ihnen das falsche geschickt?«

Frau Zeller lächelte irritiert. »Nein«, sagte sie. »Nur ein dummes Versehen. Ich hatte es zweimal bestellt.« In dem Moment entdeckte sie den kleinen Band, der aus seiner Jackentasche lugte. »Oh! Sie lesen es auch gerade?«

Victor blickte an sich herab. »*Bezaubert*? Ist es das?« Er deutete auf das Päckchen, das sie ihm gereicht hatte.

»Ja. Ein wunderbares Buch, finden Sie nicht?«

»Absolut«, bestätigte Victor. »Es macht, was der Titel verspricht.«

Denn in der Tat hatte er sich vom ersten Satz der Lektüre an bezaubert gefühlt. Von der Heldin (einer alten Dame mit erstaunlichen Energien und noch erstaunlicherem Selbstbewusstsein), von der Atmosphäre (die ihn in eine sommerlich-heitere und doch etwas melancholische Stimmung versetzte) und natürlich von der Sprache (die ganz leicht wirkte, obwohl sie es ihm doch nicht leicht machte).

Unversehens (Torberg hätte seine Freude gehabt) fand Victor Iordanescu sich zu einem Gläschen Himbeerschorle und einem Gespräch über Bücher genötigt, das ihm allerdings leider nur bestätigte, dass er nicht die geringste Ahnung hatte, was es auf diesem Markt alles gab. »Mich hat ja diese irische Autorin so unglaublich *bezaubert*«, erklärte Frau Zeller mit Blick auf ihr Bücherregal, in dem sich viele bunte Rücken aneinanderfügten. Allerdings fiel ihr der Name nicht ein, und Victor hatte das Gefühl, dass das womöglich ein Glück war, denn ihn beschlich der Verdacht, dass es doch sehr unterschiedliche Zugänge zur Welt der Literatur gab – und Frau Zeller hatte einen etwas, nun, sagen wir: emotionalen. Ihr konnten Geschichten offenbar gar nicht gefühlvoll genug sein. Weshalb sich der junge Paketbote Minuten später genötigt sah, ihr mit einem Taschentuch behilflich zu sein. Und mit einem weiteren. »Und wie sie dann an der Klippe steht«, schluchzte Frau Zeller (allerdings nur schwer verständlich). »Und wie sie sich überlegt, ihm hinterher in den Tod zu springen, das war schon ... das war schon ...«

»Ja«, murmelte Victor. »Ganz bestimmt.« Er seufzte und stand auf, durchaus schlechten Gewissens, die gute Frau im Sturm ihrer sentimentalen Empfindungen so abrupt alleine lassen zu müssen. »Aber leider muss ich jetzt weiter. Ich habe noch so viele Pakete auszuliefern ...«

»Natürlich«, schniefte Frau Zeller und lächelte ihn mit wehmütigem Blick an. »Natürlich. Eilen Sie nur, Sie Guter! Bringen Sie die Bücher zu ihren Leserinnen. Lassen Sie sich nicht aufhalten, Sie Götterbote!«

Als Götterbote empfand sich Victor nicht gerade, schon gar nicht, wenn er auf seinen monatlichen Lohnzettel sah. Aber ja, wenn man natürlich bedachte, wie viele Geniestreiche in gedruckter Form er tagtäglich an ihr Ziel brachte, wie viele Geistesgrößen gewissermaßen hinter dem Fahrersitz auf einen Bestimmungsort warteten, an dem sie ihre Erkenntnisse und Erzählungen entfalten konnten, dann war er wohl so etwas wie ein Götterbote. Er sollte vielleicht mal mit Zumteufel darüber sprechen, zumindest im Hinblick auf die anstehenden Gespräche über eine Vertragsverlängerung.

Freitag wartete schon auf ihn. Im Wagen war es warm, der Hund ließ seine Zunge heraushängen. »Du hast Durst, ich sehe schon«, sagte Victor und fragte sich, warum er mit dem Tier eigentlich immer wieder Deutsch sprach. Verstand ein Hund überhaupt Menschensprache? Und wenn ja: welche? Eine bestimmte? Oder womöglich jede, weil er sich mehr am Ton, an den Gesten und Blicken orientierte als an Syntax und Semantik? Denn davon würde er wohl kaum etwas verstehen. Wenn er nicht gerade ein literarischer Hund war, der den Menschen (und alles, was ihn betraf) besser verstand als der Mensch sich selbst.

Herr Hartung von der Zwölf hatte einen kleinen Garten, den er täglich hingebungsvoll pflegte, wenn die Tour gerade bei ihm vorüberführte. So war das auch an diesem Tag, weshalb Victor beim Ausliefern eines großen und äußerst schweren Pakets von meine-gartenfreundin.net fragte, ob er wohl etwas Wasser aus dem Gartenschlauch abzweigen dürfe, um sein Sicherheitssystem zu kühlen. Herr Hartung hatte nichts dagegen, sodass das Sicherheitssystem kurz darauf im Fußraum der Fahrerkabine hingebungsvoll die dringend benötigte Erfrischung aus einem kleinen Übertopf schlabberte, ehe Victor den Behälter mit Dank zurückgab und die Tour mit frisch aufgetanktem Sicherheitssystem fortsetzte.

Und dann kam die Siebzehn. Bianca Martini! Und Victor hatte eine Sendung für sie! Natürlich ein Päckchen vom Versandbuchhändler. Doch an diesem Tag würde Mademoiselle Martini (wie er sie für sich zu nennen beschlossen hatte) mehr als ein Buch vor ihrer Tür finden. Mit etwas feuchten Händen nahm Victor *Bezaubert* aus seiner Tasche und schlug es noch einmal auf.

An manchen Tagen zwinkert uns das Leben zu und lädt uns ein, einen ganz anderen Weg mit ihm zu gehen. Einen solchen Tag erlebte, völlig unerwartet, eine junge Frau, die mit allem gerechnet hätte, nur nicht damit, dass sich das Schicksal in Person eines etwas exotisch aussehenden, dabei aber überaus feinsinnigen und eleganten Paketboten vor ihrer Tür einstellen würde.

Er musste grinsen. Auch wenn der besagte Paketbote im weiteren Verlauf der Geschichte keinerlei Rolle mehr spielte, so war er doch so etwas wie ein Abgesandter des Glücks für die Heldin dieses kleinen Romans, der Victor von der ersten bis zur letzten Seite gefesselt hatte. Ein Götterbote, dachte er. Ja, das war dieser junge Kollege. Das waren sie alle. Denn jeden Tag brachten sie alle unendlich viele Dinge an ihr Ziel, die das Leben der Adressaten veränderten. Bücher zum Beispiel! Solche, die die Leser glücklich machten, solche, die sie berührten, die ihnen das Leben erklärten. Oder den Tod. Oder Dinge, die anderen völlig unverständlich blieben oder deren Bedeutung man ohne diese Bücher womöglich nie erkannt hätte!

Victor hatte einen kleinen Zettel geschrieben, den er vorne in das Buch legte:

*Probieren Sie es doch einmal
mit diesem Roman.*

Viele Grüße
Ihr Paketbote (Victor)

Also brachte er die neue Sendung hinauf in den vierten Stock und lehnte sie wie immer gegen den Türstock – und das Büchlein dazu, das er mitgebracht hatte. Einen Moment lang überlegte er, ob er klingeln sollte, vielleicht war Mademoiselle Martini ja zu Hause! Andererseits: Er hatte so oft geklingelt, und sie war nie da gewesen, ausgerechnet heute hätte es ihn nur in Verlegenheit gebracht, wenn sie plötzlich die Tür geöffnet hätte und vor ihm gestanden wäre. Beziehungsweise er vor ihr.

Nein, zuerst sollte sie das Buch lesen. Falls sie es tat, gäbe es ein Thema, über das er sprechen konnte, zu dem ihm etwas einfallen würde, bei dem er sich einigermaßen sicher fühlte. Dachte er zumindest einige Zeit lang – das heißt: so lange, bis die Tür unten wieder hinter ihm zufiel. Im Grunde war diese Sicherheit mit jeder Stufe, die er hinablief, geringer geworden und hatte sich beinahe in Nichts aufgelöst, als er wieder auf seinen Fahrersitz kletterte und noch einmal hinaufblickte in den vierten Stock. Da oben wohnte sie, die schöne Unbekannte. Und irgendwann würde sie ihre Tür öffnen – von draußen kommend oder von drinnen – und ihre Sendung aufheben und das Buch entdecken, den Zettel natürlich auch. Und dann?

Es war eine blöde Idee gewesen. Was glaubte er denn? Dass sich eine elegante junge Frau mit Wohnung in bester Lage (nun ja, vielleicht auch in zweitbester) auf einen Roman stürzen würde, den ihr ein Paketbote vor der Tür hinterlassen hatte, einer zumal, dem sie noch nie persönlich begegnet war (auch wenn ihn daran nicht die geringste Schuld traf)? Dass sie dieses Büchlein lesen und sich dann danach verzehren würde, mit ihm über Literatur zu sprechen? Einem Unbekannten? Einem erfolglosen Komponisten aus einem erfolglosen Land im unbekannten Osten des Kontinents, woher nur Putzkräfte, Küchenhilfen, Paketboten und andere miserabel bezahlte Arbeiter in den am geringsten geschätzten Berufen kamen?

»Freitag«, sagte Victor mit rauer Stimme. »Ich schätze, ich habe mich gerade lächerlich gemacht.« Er seufzte, zögerte, seufzte noch einmal (und ließ sich auch zu einem weiteren Zögern hinreißen), dann sprang er noch einmal aus seinem Lieferwagen und klingelte ein weiteres Mal bei Fischer im Erdgeschoss, um sogleich hinaufzuhasten und *Bezaubert* wieder wegzunehmen – das hatte er jedenfalls vor. Allein, das Päckchen war schon weg. Und sein Büchlein mit dem Zettel auch.

Victor stöhnte auf, war hin- und hergerissen, ob er läuten sollte (was er nicht wagte) oder dankbar sein (was er erst recht nicht wagte). Schließlich entschied er sich für eine Tugend, die er eigentlich recht gut beherrschte, auch wenn sie ihm in Hinsicht auf Bianca Martini langsam abhandenzukommen schien: Er fügte sich in sein Schicksal.

Solchermaßen im Frieden oder doch zumindest im Waffenstillstand mit sich selbst verließ er die Siebzehn ein weiteres Mal, stieg ein weiteres Mal zu Freitag in sein Fahrerhäuschen und beschloss, dass es nun einmal so sei, wie es war, nämlich unabänderlich.

5

Die Literatur ist eine Geschichte des Außenseitertums. Victor hatte das noch nicht entdeckt. Er wunderte sich noch, dass er sich selbst nicht nur in einem Buch über einen polnischen Arbeitssuchenden in London wiederentdeckte, sondern auch in einem Roman über einen Jungen aus einem indischen Slum, der verhaftet wird, weil er in einer Gameshow im Fernsehen gewonnen hat, in einer Erzählung über unerkannt mitten unter Menschen lebenden Pinguinen oder in der Geschichte des kleinen »Auggie« in Amerika, der so entstellt ist, dass er jahrelang einen Star Wars-Helm auf dem Kopf trägt, und der von sich sagt: »*Wenn ich eine Wunderlampe finden würde und einen Wunsch frei hätte, würde ich mir wünschen, ein normales Gesicht zu haben, das nie jemandem auffallen würde.«*

Über diese Geschichte hatte Victor, nachdem er die letzte Seite gelesen hatte, so lange geweint, dass Freitag irgendwann eingestimmt und ihn mit lautem Jaulen seiner Solidarität versichert hatte. *Wunder* hieß das Buch, und wundervoll war es auch. Aber es war auch das, was beinahe alle guten Bücher sind (und, seien wir ehrlich, auch die meisten guten Lebensläufe): Geschichten von Außenseitern. Geschichten von Menschen, die anders sind als alle anderen. Noch hatte Victor es nicht erkannt, aber über kurz oder lang würde er es erkennen: Wir alle sind solche Außenseiter. Denn unser aller Leben ist anders als das aller anderen. Deshalb sprechen uns diese Geschichten so an, deshalb erkennen wir uns in ihnen wieder – ja, wir verstehen unser eigenes Leben ein klein wenig besser, weil wir lernen, das Leben dieser Heldinnen und Helden zu erkennen, gleich ob sie Ram Mohammed Thomas heißen, wie der Held von *Rupien! Rupien!* August »Auggie« oder Sidonie aus *Abschied von Sidonie*, die in einem Lumpenbündel an der Pforte des Krankenhauses von Steyr gefunden wird und deren kurzes Leben Victor ebenfalls so zu Herzen ging, dass ein Duett mit Freitag unvermeidlich wurde.

Es sind also, wie sich aus alledem praktisch naturgesetzlich herleitet (obwohl die Literatur bekanntlich jedes Naturgesetz außer Kraft zu setzen imstande ist) die Personen einer Erzählung in einer ganz bestimmten Eigenschaft vereint: Sie sind Außenseiter. Wie alle Menschen. Auch Bianca Martini in ihrem Doppelleben als Mensch (Kastanienallee 17) und als Phantasie (Victor, 28).

Natürlich war die alte Dame neugierig auf das Buch, das sie bestellt hatte. Allerdings hatte sie das zunächst völlig vergessen. Denn die unverhoffte Dreingabe erschien ihr in dem Moment weitaus interessanter! Ein Büchlein, ein kleiner Roman, der auf den selbsterfüllenden Namen *Bezaubert* zu hören versprach, das wäre an sich schon höchst reizvoll gewesen. Dass ein ihr völlig unbekannter Paketbote (»Victor«) noch einen Zettel dazu gesteckt hatte, machte die Überraschung vollkommen und das Geheimnis noch größer! Victor, da musste sie sofort an Victor Hugo denken und an all die fabelhaften französischen Dichter und großen Romane, die sie in ihrer Jugend verschlungen hatte: Flaubert, Zola, Balzac … Was mochte diesen Victor bewogen haben, ihr einen Roman zukommen zu lassen? Wie war er überhaupt darauf verfallen, einen Gedanken an sie zu verschwenden? Jemand, den sie gar nicht kannte – und vor allem: der sie gar nicht kannte, denn das bedingte sich ja im Umkehrschluss.

Bianca Martini, die sich entgegen ihrer Hoffnung kein bisschen besser fühlte, trug also das Büchlein mit hinaus auf den Balkon, wohin eine milde Sonne ihre wärmenden Strahlen schickte, und setzte sich mit einem Malventee (übrigens wesentlich abscheulicher, als es klang, weshalb sie schon bald zu einer Ostfriesenmischung mit einem ordentlichen Schuss Rum wechseln würde) auf einen Stuhl, um sogleich darin zu lesen.

Über den »überaus feinsinnigen und eleganten Paketboten« musste sie herzlich lachen. Nicht, dass sie einem Paketboten nicht zugetraut hätte, überaus feinsinnig zu sein. Aber elegant? Wie sollte das gehen? Gewiss, wäre es ein Kurier aus der Zeit des Kaiserreichs gewesen, des habsburgischen etwa oder des russischen, dann wäre dabei an schneidige Uniformen und akkurate Körperhaltung zu denken gewesen, an stolze Kopfbedeckungen, goldene Knöpfe und dekorative Epauletten. Aber heute mussten die armen

Burschen ja allesamt die scheußlichste Arbeitskleidung tragen, in Farben, die den Augen wehtaten. Nun, vielleicht war er ja trotzdem elegant gewesen, dieser Victor, der ihr zu unverhoffter Lektüre verholfen hatte. Zu durchaus vergnüglicher übrigens, wie Bianca Martini schon nach kürzester Zeit feststellte (nämlich als sie das Buch nicht einmal aus der Hand legte, um den Tee zu tauschen und geistig anzureichern). Denn die Geschichte der jungen Frau, die sie dort las, erinnerte sie auf geradezu schockierende Weise an ihre eigene:

Antonia von Krings hätte wie jeden Tag ihr Haus verlassen und wäre mit dem Wagen in die Redaktion gefahren, um über die neuesten Moden aus Paris und die jüngsten Trends der Mailänder Designer zu berichten. Und so hätte sie nicht das Mädchen entdeckt, das wenig später in der Annahme, es sei niemand zu Hause, ihre Wohnung betrat und sich ins

Wohnzimmer schlich, wo die Journalistin ihre Fotoalben aufbewahrte. In der Annahme, sie hätte es mit einem gewöhnlichen – also kriminellen – Einbrecher zu tun, griff sich Antonia ein Messer aus der Küchenschublade und huschte lautlos hinüber, zu allem bereit – auch zum Äußersten!

Das war auch ihr einmal passiert: Tatsächlich war es nur die Hausmeisterin gewesen, die auf der Suche nach einem Leck in der Wasserleitung Wohnungen betreten hatte, in denen gerade niemand war. Und auch Bianca hatte zum Messer gegriffen und hätte sich um ein Haar auf die arme Frau gestürzt, die so erschrocken war, dass sie einen Nervenzusammenbruch erlitten hatte (das einzige Mal übrigens, dass »Nervenruhe« aus dem *Teelädle* wirklich zum Einsatz gekommen war und seine segensreiche Wirkung im Hause Martini hatte entfalten dürfen; anschließend hatte die alte Dame die angebrochene

Packung weggeworfen, weil ihr der muffige Geruch auf die Nerven ging).

Antonia von Krings war eine Heldin nach Biancas Geschmack: eine Frau in mittleren Jahren, die im Übrigen alles andere als durchschnittlich war – die Beine etwas zu kurz, die Nase etwas zu lang, die Träume etwas zu bunt und die Sorgen etwas zu groß – also im Grunde wie wir alle. Vor allem war sie bereit, das Heft selbst in die Hand zu nehmen. In dem Fall im buchstäblichen Sinne.

Sie wagte kaum zu atmen, als sie vorsichtig ins Wohnzimmer lugte, wo sich der Eindringling – für Antonia unsichtbar – in dem großen Sessel niedergelassen hatte. Als sie langsam näher heranschlich, hörte sie ein Murmeln. Eine Frau! Der Einbrecher war weiblich! Schon erschien es der Journalistin, als wüchsen ihre Kräfte damit aufs Doppelte an. Zumindest würde dadurch das Kräfteverhältnis nicht unfair sein. Und sie hatte eine Waffe! Möglich, dass die Einbrecherin ebenfalls eine hatte. Aber genau genommen hatte Antonia zwei Waffen: das Messer – und den Überraschungseffekt! Und den würde sie nutzen. Sie riss die Hand mit dem Messer hoch und machte einen großen Satz hin zum Sessel, wo sie mit blitzenden Augen und blitzender Klinge zum Stehen kam und rief: »Ha!«

An der Stelle musste Bianca Martini mehrmals niesen und sich erst einmal kräftig schnäuzen, ehe sie weiterlesen konnte. Erschöpft wankte sie ins Wohnzimmer und sank auf ihr Sofa nieder. Was für eine heimtückische Erkältung ...

Natürlich war es Unsinn, nervös zu sein, gar auf irgendetwas zu warten. Worauf auch? Dass ihn Bianca Martini anrief? Wie sollte sie? Sie kannte ihn nicht, hatte nicht seine

Nummer und würde sich auch so vermutlich nie bei ihm melden. Ganz abgesehen davon brauchte sie Zeit, um das Buch zu lesen – falls sie es jemals las.

Dennoch musste Victor immer wieder daran denken, wie die schöne Unbekannte das Buch gefunden und mit zu sich genommen hatte, wie sie es aufgeschlagen, seine Botschaft entdeckt hatte und neugierig geworden war. Wie sie sogleich angefangen hatte zu lesen, zuerst auf dem Sofa (er stellte sie sich mit warmen Socken und flauschigem Bademantel vor und, ja, zugegeben, mit hübscher Unterwäsche darunter), dann am Küchentisch (mit einer großen Tasse heißer Schokolade) und schließlich im Bett (wo sie las und las, bis ihre Augen zufielen und sich, vom milden Licht einer kleinen Nachttischlampe romantisch erleuchtet, die Geschichte in ihren Träumen fortsetzte und womöglich in ganz andere, neue Richtungen verzweigte). Was alles völliger Unsinn war, denn seit

der Lieferung war kaum eine Stunde ver-
gangen, als Victor endlich seine erste Pause
einlegen konnte. Er hatte die Route etwas
geändert, sodass er bei Herrn Hartung von
der Zwölf wieder ein wenig Kühlwasser für
sein Sicherheitssystem abzweigen konnte.
Und während Freitag dankbar trank, legte
der junge Paketdienstleister die Füße auf das
Armaturenbrett und schlug ein neues Buch
auf, *Cosí fan tutte*, in dem es auch um einen Einbruch ging, eine Geschichte, die in
London spielte, wie auch die von dem polnischen Gastarbeiter. Hier allerdings war es
ein gut situiertes Ehepaar, das sich unvermittelt ausgeraubt fand.

*In der fraglichen Nacht schlief der Hausmeister,
wenn auch, was für ihn ungewöhnlich war,
nicht in seinem Lehnsessel, sondern im Theater.
Auf der Suche nach einem Mädchen mit mehr
Klasse hatte er sich entschlossen, einen Kurs der
Erwachsenenbildung zu besuchen …*

Eine Nebenfigur. Völlig unbedeutend für die Geschichte. Und doch fand Victor sich in diesem Mann sogleich wieder und las den ganzen Roman, als wäre der Hausmeister die Hauptperson – also er. Was ihn leider in einige Schwierigkeiten stürzte. Nicht, weil es um die Perspektive gegangen wäre, sondern weil der ganze Roman – auch wenn er kurz war und sich auch gar nicht »Roman« nannte, sondern nur »Eine Geschichte« – mehr Zeit erforderte als für eine Pause erlaubt, sei es nun die erste oder die letzte (in dem Fall waren es beide, weil für eine weitere Pause schlicht der nötige Puffer fehlte!).

Entsprechend hektisch fiel die restliche Tour aus. Die Helmbrechtstraße: ein Chaos. Die Fürstenallee: der reinste Galopp. Der Brechtweg: purer Stress. Bis sich an der Ecke Schillerstraße plötzlich ein blinder Passagier an Bord befand, den Victor allerdings erst entdeckte, als er vor der Zweiundzwanzig stehen blieb (natürlich wieder in zweiter Reihe) und nach hinten stieg. Da erst fiel ihm außerdem auf, dass Freitag zuletzt gar nicht neben ihm im Fußraum des Beifahrersitzes gelegen hatte.

6

Die kleine Buchhandlung in der Weinstraße litt unter denselben absurden Problemen, unter denen so viele Buchhandlungen seit geraumer Zeit leiden: Sie befand sich nicht in bevorzugter Lauflage (obwohl täglich tausend Menschen vorbeihasteten, aber eben nicht, um zu bummeln oder gar zu schmökern), sie ächzte unter einer lächerlich hohen Miete (obwohl auch kaum ein anderes Geschäft in den kleinen, verwinkelten Räumlichkeiten mehr Umsatz hätte erwirtschaften können), vor allem aber: Sie war nicht laut und grell, sondern still und dezent. Die Menschen aber, die ihrerseits vom Lauten und Grellen dieser Zeit vor sich hergetrieben wurden und nicht selten geradewegs im Burnout landeten, erkannten diese Oase der Stille und des Genusses nicht.

Wie viele andere leidenschaftliche Buchhändlerinnen hatte auch die Inhaberin der *Bücherfee* nicht nur täglich wechselnde Menüs für jeden Geschmack im Angebot, sondern übte sich auch im Twittern und Posten, hatte einen kleinen Lese-Club gegründet, eine Partnerschaft mit einer nahegelegenen Schule geschlossen, bot wöchentlich eine »Happy Hour« mit Tee und Gebäck und bemühte sich auch sonst um buchstäblich jede Kundin und jeden Kunden so rührend, dass einer der treuesten Stammkunden sie schon seit längerem »Frau Pfarrer« nannte, wenn er wieder kam, um ihr sein Herz auszuschütten über den Unverstand der Welt und die Zumutungen des Alltags.

Die Frau Pfarrer ihrerseits hatte indes niemanden, dem sie ihr Herz hätte ausschütten können, wenn man von einer Mitarbeiterin absah, die genauso gut hätte in einem Schuhgeschäft oder in einer Eisenwarenhandlung arbeiten können, weil ihr Bücher leider wenig bis nichts bedeuteten (außer einem halbwegs passablen Auskommen als Zweidrittelkraft). Nun gut, die Literatur war auch für die junge Buchhändlerin ein sicherer Hafen: einer, in den sie sich flüchten konnte und von dem aus die aufregendsten Welten erobert werden konnten. Und in manchem Buch findet man unverhofft oder unversehens (wie ein gewisser Torberg es formuliert hätte) Rat und Trost, wo man eigentlich nur Ablenkung gesucht hatte. So ging es der »Frau Pfarrer« mit einem Büchlein, das ihr Herz beim ersten Aufschlagen mit der Feststellung erobert hatte: »Ein Buch ist weit mehr als die Summe seiner Buchstaben.«

Ja, dachte sie, und eine Buchhandlung ist weit mehr als die Summe ihrer Bücher. Wie sehr fühlte sie mit der Buchhändlerin in dem Roman, die unvermittelt (noch so ein Wort) diesen kleinen Laden geerbt, obwohl

sie doch eigentlich ganz andere Ziele verfolgt hatte:

*Man kann die Betriebswirtschaft als eine ebenso
nützliche wie ungenaue Wissenschaft bezeichnen. Einer jungen Frau, die mit beiden Beinen
über den Dingen schwebt, verleiht sie zweifellos
eine gewisse Erdung und, falls nicht von Natur
aus vorhanden, das nötige Selbstbewusstsein,
um auch die unlösbarsten Aufgaben für lösbar
zu erachten, also etwa das Führen, die Rettung
oder gar die Liquidation einer kleinen Buchhandlung in mittlerer Lage, der die Inhaberin abhandengekommen ist, von der Kundschaft ganz
zu schweigen.*

Die »Frau Pfarrer« seufzte. Nein, auch wenn
sie von Betriebswirtschaft praktisch nichts
verstand, ehe sie die Buchhandlung liqui-
dierte, würde sie sich selbst liquidieren, so-
viel stand fest (womit natürlich auch fest-
steht, dass der Laden letztlich nicht liquidiert

werden wird, denn Romane wie der vorliegende schließen nicht mit dem Freitod einer sympathischen Buchhändlerin).

»Was machst du hier?«

Sie hatten beide aufgeschrien. Erst das Mädchen. Dann die alte Frau. Das heißt: Eigentlich hatten sie gleichzeitig aufgeschrien. Und dann war das Messer klirrend auf den Parkettboden gefallen und Bianca Martini war einige Schritte zurückgestolpert.

»Ich … ich …« Die nächsten Worte kamen schon unter Tränen hervor. »Ich habe doch nur der Katze etwas vorgelesen«, schluchzte das Mädchen.

»Der Katze?« Der Blick der alten Dame wanderte zum Fenster, das in der Tat ein klein wenig offen stand und auf dessen Bank ein neugierig und wachsam die Szene beobachtendes Tier saß.

»Madame Chauchat«, flüsterte Bianca Martini, einer plötzlichen Eingebung folgend.

»Nein«, sagte das Mädchen und schluckte. »Mina.«

»Sie heißt Mina?«

»Ich heiße Mina.«

»Aha.« Die alte Dame betrachtete das Mädchen, das vielleicht elf oder zwölf Jahre alt sein mochte und also nicht mehr wirklich ein Kind, aber auch noch kein Teenager. »Und was machst du hier, wenn ich fragen darf? Wie bist du überhaupt hier hereingekommen? Und was hat es mit der Katze auf sich?«

Das waren etwas viele Fragen auf einmal, weshalb zunächst ein paar Tränen über die Wangen des Mädchens kullerten, das überdies nicht aufhören konnte, auf das Messer am Boden zu starren. Kopfschüttelnd hob Bianca Martini es auf und legte es in die Schublade ihres Sekretärs, die sie zur Sicherheit gleich noch abschloss, worauf sie den

Schlüssel einsteckte und die Fäuste in die Seiten stemmte. »Also?«

»Also …«, stotterte das Mädchen und wischte sich die Wangen trocken. »Ich bin hier, weil ich die Katze treffen wollte.«

»Bei mir.«

Das Mädchen nickte.

»In der Wohnung.«

Das Mädchen nickte.

»Und das soll ich dir glauben?«

Das Mädchen nickte abermals.

»Du hättest sie auch woanders treffen können, oder etwa nicht?«

Das Mädchen schüttelte den Kopf. Bianca Martini seufzte. Sah auf die Katze, sah auf das Mädchen – und setzte sich schließlich auf den anderen Sessel, um nachzudenken. Denn manchmal ist es leichter, im Sitzen zu grübeln.

»Also ist es nicht deine Katze?« Eine Feststellung. »Merkwürdig. Ich habe sie noch nie hier gesehen.« Was natürlich daran liegen mochte, dass die alte Dame die Nase allzu gerne in Bücher steckte und den Blick deshalb allzu selten schweifen ließ. »Und wie lange geht das schon so?«

Das Mädchen zuckte die Achseln und flüsterte. »Seit … hm … seit dem *Brombeerhag*.«

»Seit dem Brombeerhag?«, fragte Bianca Martini irritiert. »Was soll das denn heißen?«

»Ich habe im *Brombeerhag* gelesen. Und dann saß auf einmal die Katze vor mir. Aber irgendwas hat gekracht, und dann war sie weg. Bis ich sie hier oben auf Ihrem Balkon wiederentdeckt habe.«

»Und dann dachtest du, du kannst ja mal zu mir heraufkommen?«

Das Mädchen nickte.

Der Blick der alten Dame wanderte von dem Mädchen zu der Katze, die das Schauspiel neugierig verfolgte, und zurück. »Eine merkwürdige Geschichte«, murmelte sie. »Und vor allem eine längere, scheint mir. Ich schlage vor, du erzählst mir den Rest bei einem ordentlichen Grog … Tee, meine ich. Einverstanden?«

Und als das Mädchen nicht nickte, nickte eben die alte Dame und holte zwei Tassen und den fertigen Tee aus der Küche. Die Katze saß immer noch wachsam, aber gelassen auf der Fensterbank, bereit, jederzeit entweder weiterzulauschen oder das Weite zu suchen.

»Also«, meinte Bianca Martini und erbat sich Aufklärung. »Was hat es mit diesem ominösen Brombeerhag auf sich?«

»Das ist ein Buch. Ein sehr schönes Buch!«, beeilte sich das Mädchen, ihr zu versichern, und nahm die alte Dame – wen wundert's – prompt für sich ein. Ein kluges Kind, in der Tat, dachte sie, denn Menschen, die von Büchern zu schwärmen verstanden, konnten keine Toren sein.

»Und worum geht es in dem Buch?«

»Um eine Mäusefamilie. Es ist eine große Familie, eigentlich mehrere, die in Bäumen und unter Sträuchern zu Hause sind und schöne Geschichten erleben. Manchmal sind es lustige, manchmal aufregende Geschichten.«

»Lass mich raten: Sie gehen immer gut aus?«

Das Mädchen nickte.

»Das finde ich gut. Ich nehme an, es ist ein Kinderbuch. Die sollten immer gut ausgehen.«

»Und ich dachte, die Katze würde vielleicht Geschichten über Mäuse mögen.«

Bianca Martini konnte ein süffisantes Lächeln nicht unterdrücken. »Ich vermute, das siehst du ganz richtig. Katzen lieben Mäuse.« Die näheren Einzelheiten würden sie lieber nicht erörtern, auch wenn das Mädchen natürlich längst groß genug war, zu wissen, auf welche Art Katzen Mäuse liebten. »Aber diesmal hast du dir ja gar kein Buch genommen, sondern ein Fotoalbum von mir!«

»Das stimmt. Daraus kann man nicht

vorlesen«, erklärte das Mädchen. »Aber man kann die Geschichten trotzdem erzählen.«

»Die Geschichten aus dem Fotoalbum?«

»Ja. Man sieht ja, was passiert. Das fand ich interessant. Und Remy-Lemy fand das auch.«

»Remmilemmi?«

»Der Kater.«

»Oh. Weißt du denn, dass es ein Männchen ist?«

»Nein.«

»Dann bleibe ich bei meinem Namen. Madame Chauchat.« Denn das hatte sich Bianca Martini seit jeher gedacht: dass es keinen schöneren und passenderen Namen für eine elegante Katze geben konnte als diesen, den Thomas Mann der überaus entzückenden Geliebten von Hans Castorp aus dem *Zauberberg* verliehen hatte.

Im Begriff, den Speisesaal zu betreten, bemerkt Hans Castorp den Gegenstand seiner Träume hinter sich … Ihre Augen begegnen sich nahe,

die seinen und ihre graugrünen, deren leicht asia-
tischer Sitz und Schnitt ihm das Mark bezau-
bern. Er ist besinnungslos, aber auch ohne Be-
sinnung tritt er seitlich zurück, um ihr zuerst den
Weg durch die Tür freizugeben.

Hach, wie wunderschön hatte Thomas Mann
diese Szene beschrieben, wie elegant dieser
tiefen Verliebtheit Leichtigkeit verliehen. *Mit*
halbem Lächeln und einem halblauten »Merci«
macht sie Gebrauch von seinem nicht mehr als
gesitteten Anerbieten, geht vorbei und hindurch.
Madame Chauchat, diese bezaubernd-fili-
grane Figur, die so künstlich ist und die man
sich dennoch so unglaublich gut vorstellen
kann, als stünde sie neben einem, wahrhaf-
tig wie die Katze auf der Fensterbank.

Freitag blickte ihn mit großen Augen an,
als Victor aus der Fahrerkabine nach hinten

stieg. Er saß da, als wäre es die natürlichste Sache der Welt, im Frachtraum eines Liefer-wagens zu sitzen (was es natürlich nicht war, denn das war nun einmal streng untersagt; viel zu groß die Gefahr, sich bei plötzlichen Richtungswechseln oder unvorhergesehenen Manövern zu verletzen) und mit dem Schwanz auf dem Boden zu wedeln (was zwar nicht verboten, aber unnötig war, weil Victors Wagen immer blitzblank war). Es hätte den jungen Mann wahrlich verblüfft, seinen neu-en Freund solchermaßen vorzufinden, wä-re er nicht weit verblüffter gewesen, jemand anderen ebenfalls zwischen den Regalen des Lieferwagens zu finden, der dort noch viel weniger hingehörte, dem das aber scheinbar gar nichts ausmachte: einen Jungen von viel-leicht acht oder neun Jahren, das Haar kurz und zerzaust, der Blick dafür hinter einer kreisrunden Brille äußerst aufgeräumt.

»Darf ich wissen, was das soll?«, fragte Victor, fassungslos, dass er von seinem heim-

lichen Mitfahrer nicht das Geringste mitbe-
kommen hatte.

»Klar«, sagte der Junge, hatte aber offenbar nicht die Absicht, zu antworten.

»Nun?«

»Sie stören«, sagte der Junge anstatt einer
Antwort.

»Ich ... störe?« Einen Augenblick lang war
Victor sprachlos. Dann erklärte er mit etwas
bissigem Unterton: »Entschuldigung.«

»Schon in Ordnung.«

»Das war ironisch gemeint«, stellte Victor
klar, um sogleich hinterherzuschieben: »Aber
vermutlich weißt du nicht, was Ironie ist.«

»Ironie ist, wenn man etwas anderes sagt,
als man denkt, um das zum Ausdruck zu
bringen, was man eigentlich sagen möchte.«

»Hm.« Besser hätte Victor es auch nicht erklären können. Allenfalls schlechter. »Okay.
Das ist aber kein Grund, dass du hier bist.
Wer bist du und was willst du hier?« Er versuchte, seiner Stimme einen strengen Klang

zu geben, merkte aber selbst, dass es ihm nicht gelang. Der Kleine erinnerte ihn allzu sehr an ihn selbst in dem Alter (nur dass Victor keine Brille getragen hatte).

»Leon«, sagte der Junge. »Und ich versuche, deinem Hund etwas vorzulesen. Aber, wie gesagt, du störst.«

»Da siehst du, dass die Wirklichkeit gegen die Literatur nicht bestehen kann«, sagte die Mutter der jungen Buchhändlerin in dem kleinen Roman über die unverhoffte Erbschaft eines Buchladens, den Bianca Martini kürzlich gelesen hatte. Und wirklich, das hatte sie sich auch gedacht. Bis jetzt. Denn dass ein Mädchen in ihrem Wohnzimmer saß, das dort ganz und gar nicht hingehörte; und dass ein Kater namens Madame Chauchat auf ihrer Fensterbank saß, als wäre es ein Balkon, von dem aus er die Wohnung

betrachtete, dass in der Schublade ein ge-
fährliches Messer lag und auf dem Tischchen
zwischen den Sesseln eine Kanne mit Tee
stand, über der sich der Dampf kringelte
wie der Rauch über einer frisch geöffneten
Wunderlampe: das alles schien zwar in diesem Augenblick wirklich zu geschehen – es
fühlte sich nur ganz und gar nicht so an.
Vielleicht auch deshalb, weil das Mädchen
auf Wunsch der alten Dame hin fortgefah-
ren war, aus dem Fotoalbum »vorzulesen«,
und weil die Geschichte, die sie dabei für
den Kater (und für die unfreiwillige Gastgeberin des Teekränzchens) zum Besten gab,
ihr Leben (also das von Bianca Martini) so
verblüffend umdichtete.

*Und dann kam die verzauberte Fee ans Meer.
Das hatte sie noch nie gesehen! Es war so groß,
dass ihr ganz schwindelig wurde. Deshalb setzte
sie sich an den Strand und wartete, dass es ein
bisschen kleiner würde. Denn weißt du, das Meer*

wird jeden Tag mal größer und mal kleiner. Man
muss nur den richtigen Zeitpunkt erwischen.

Kroatien war das gewesen. Und es war lange her. Bianca Martini konnte noch die Kieselsteine unter ihren Füßen spüren, wenn sie zurückdachte. Konnte noch das Kreischen der Möwen hören und die Wellen, wie sie im flachen Wasser brachen. Konnte noch das Boot sehen, das ein Stück weit vom Strand entfernt dalag und sie einlud, hinzuschwimmen, einfach alles hinter sich zu lassen und zu tun, wozu das Schicksal sie aufforderte, ganz egal, ob es sich gehörte oder nicht … Und so träumte sich Bianca Martini davon, weg aus ihrer Wohnung im vierten Stock, aus dem Hier und Jetzt zurück in eine Vergangenheit, die plötzlich wieder ganz präsent war. Dachte an längst vergessene Orte und Menschen (an einen ganz besonders), an Byron, den sie damals gelesen hatte, und an Dylan, den sie gehört hatte. Vor allem an

Max, den sie so unendlich stürmisch geliebt hatte, wenn auch nur einen kurzen Sommer lang. Und sie achtete gar nicht mehr auf die Geschichte, die das Mädchen erzählte, während es Seite um Seite umblätterte und von der Fee berichtete, die ihre, Bianca Martinis, Abenteuer erlebte – nicht dieselben, die sie vor Zeiten wirklich erlebt hatte, aber doch genauso schöne, genauso bezaubernde, genauso reale. Jedenfalls schien es der alten Dame so.

Leon entpuppte sich als vorlaut, furchtlos – und ziemlich belesen. Zumindest was Bücher betraf, in denen Hunde vorkamen, war er offenbar ein Ass. »Dieses hier ist schon ziemlich gut«, befand er und deutete auf *Wunder*, das er aus der Kiste genommen und neben sich gelegt hatte. »Zumindest bis Daisy stirbt.«

»Daisy?«

»Der Hund.«

»Die Hündin«, korrigierte Victor. »Wenn sie Daisy heißt …«

»Klar. Die Hündin.«

»Und dann?«

»Dann ist sie tot.«

»Und das Buch?«

»Ist immer noch gut. Aber nicht mehr so gut wie mit Daisy.«

»Weil?«

»Weil jede Geschichte besser ist, wenn ein Hund darin vorkommt.« Er sagte das mit einer Stimme, als könnte er so viel Ahnungslosigkeit kaum fassen.

»Hhm«, sagte Victor. »Offenbar bist du Experte. Vermutlich hast du selber einen Hund.«

Kurz schwieg der Junge, Leon, um dann zu murmeln: »Nein. Leider nicht. Sonst wäre meine Geschichte besser.«

Es war spät geworden, als die alte Dame von ihrem Sofa hochschreckte. Sie war eingenickt. Hatte sie irgendwann einmal ihre Temperatur gemessen? Egal. Fieber kam und ging, was wollte man da schon groß tun. Die Lymphdrüsen waren etwas angeschwollen, das war natürlich lästig. Und die Beine waren schwer. So schwer, dass Bianca Martini alles außer den Gang zur Toilette vermied und auch nicht ins Bett umzog, sondern auf dem Sofa blieb, weil das näher am Badezimmer lag.

Schwül war es in der Wohnung, obwohl sie fröstelte. Sie hatte ein Fenster gekippt und freute sich, dass die Vögel sangen, als es Abend wurde. Laut sangen sie! Beinahe wie in ihrer Kindheit, als sie mit den Eltern am Waldrand gewohnt hatte. Das klang idyllischer, als es gewesen war, denn auf der anderen Seite des Hauses verliefen Bahngleise. Deshalb wurde der himmlische Lärm der Vögel in regelmäßigen Abständen vom Höllengetöse der vorbeirasenden Fernzüge geschreddert. Und doch waren es schöne Erinnerungen an eine im Großen und Ganzen schöne Kindheit, denen Bianca Martini im Halbschlaf nachsann, während draußen die Nacht sich auf die Stadt senkte und alles, was gefiedert war, noch einmal dringend auf sich aufmerksam machte.

Auch an ihre Eltern dachte sie, an all die Orte, an denen sie gewesen war. Das Mädchen kam ihr wieder in den Sinn und die Geschichte. Das Fotoalbum. Müde hob sie den Kopf. Da lag es, neben dem Sofa. Seltsam. Auch der Roman, den ihr jemand geschenkt hatte. Wer bloß? Sie griff danach. *Bezaubert*. Die Seite, bis zu der sie gelesen hatte, war umgeknickt, als ihr das Buch aus der Hand gerutscht und auf den Boden gefallen war. Gerne hätte sie weitergelesen. Aber ihre Augenlider wollten einfach nicht offenbleiben.

Der Tee war auch kalt. Es war nur noch ein Tropfen in der Kanne. Und die Beine waren so schwer, dass die alte Dame lieber darauf verzichtete, sich neuen zu machen.

Das Mädchen war verschwunden. Dort hatte es gesessen, in dem Lehnstuhl, dem sie nach ihrem verstorbenen Mann den Namen Joseph gegeben hatte. Nur dass Joseph gar nicht dort stand. Sie hatte ihn vor ein paar Jahren in den Keller bringen lassen, weil er gefährlich zu wackeln begonnen hatte. Nein, das Mädchen konnte gar nicht dort gesessen haben. Und die Katze? Hatte Bianca Martini sich am Ende Madame Chauchat nur eingebildet? Aber das Fotoalbum lag doch da! Und die Geschichte ... Sie blickte wieder auf das Buch. *Bezaubert*. Seltsam.

7

In den folgenden Tagen stieg der Junge jedes Mal in der Schillerstraße zu und fuhr bis zum Königsplatz mit. Das heißt: Eigentlich stieg er nur ein weiteres Mal zu. Beim zweiten Mal stieg stattdessen Freitag aus, um mit Leon an der Leine bis zur nächsten oder übernächsten Station der Tour zu laufen. Das Wetter war schön, der Wagen war rappelvoll (sodass es ohnehin langsam voranging), auf dem Brechtweg waren wie immer die bezaubernden Düfte diverser Hundedamen markiert – kein Wunder, dass der alte Herr bei diesen Spaziergängen förmlich aufblühte.

Aber auch Victor genoss die Gegenwart des Jungen. Denn so nett es ist, mit einem Hund unterwegs zu sein, die Gespräche neigen zu einer gewissen Einseitigkeit. Ganz anders mit Leon. Der Junge verstand es, einem die Gedanken im Kopf umzudrehen! »Verrückt, oder?«, sagte er zum Beispiel, als Victor ihn bat, ihm zwei Sendungen zu reichen, die hinter ihm im Regal lagen. »Das hier sieht aus, als wäre es ein Getränkekasten.« Was es wohl auch war, denn es stand ja *deliver-gluck.com* drauf. »Und dieses ist viel leichter, obwohl viel mehr drin ist.« Er klopfte auf eine schmale Schachtel von *buecherheld.de*.

»Mehr drin?«

»Klar! Da ist schließlich ein Buch drin!«

Es stimmte ja. Bücher enthielten ganze Welten, während Flaschen nur Getränke enthielten. Man konnte sich mit Leon ziemlich gut über Bücher unterhalten, nicht zuletzt, weil er erstaunlich viele schon gelesen hatte. »Wann hast du eigentlich mit Lesen angefangen?«, fragte Victor. »Du gehst doch höchstens in die vierte Klasse.«

»In die dritte. Bald«, korrigierte der Junge. »Aber ich lese schon lange. Ich würde sagen, seit … hm … Ich weiß es nicht. Vorher hat mir meine Mama immer vorgelesen.«

»Das ist gut«, befand Victor. »Vorlesen mochte ich auch immer. Und jetzt liest du deiner Mama vor?«

Der Junge schüttelte den Kopf und wurde schweigsam. Victor fragte lieber nicht weiter nach. Irgendwie hatte er das Gefühl, an der Stelle könnte es besser sein, das Thema zu wechseln. »Findest du nicht, dass die Bücher hier nicht die richtige Lektüre sind für einen Neunjährigen?«

»Achtjährigen. Nein. Ich finde nur, Sie könnten spannendere Bücher lesen.« Sein Blick schweifte über die Regale und blieb an einer weiteren Sendung von *buecherheld.de* hängen. »Können wir mal nachgucken, was da zum Beispiel drin ist?«

»In dem Päckchen? Nein!«, rief Victor und starrte den Jungen entsetzt an. »Das ist geheim!«

»Ein geheimes Buch?«

»Nein. Das Postgeheimnis!«

»Hm. Komisch. Normalerweise darf doch jeder die Bücher lesen«, beharrte Leon. Und Victor war für einen Moment ratlos, wie er erklären sollte, dass man das Buch, das da drin war, zwar natürlich lesen durfte, also normalerweise jedenfalls, aber das Päckchen nicht öffnen – sofern man nicht gerade der Adressat war.

Immerhin: Zufällig hatte ihm Frau Zeller aus der Reutlinger Straße mal wieder eine Retoure mitgegeben, die so schlecht verschlossen war, dass man unschwer rein gucken konnte.

»Kannst ja mal einen Blick in diese Sendung werfen«, schlug Victor vor.

»Echt? In die darf man gucken?«

»Eigentlich nicht. Aber wahrscheinlich werfen die's sowieso weg, wenn sie es wieder bekommen.«

»Das Buch? Wieso?«

»Weil es nicht mehr schön genug ist, um wieder neu verkauft zu werden?«

»Finde ich blöd«, stellte Leon lapidar fest, und Victor stimmte ihm zu, wenn auch nur in stillem Einvernehmen.

Es war eine Ausgabe eines besonderen Atlanten: *Karten verwunschener Orte*.

»Verwunschen?«, fragte Victor, denn dieses Wort war ihm tatsächlich nicht geläufig.

»Das heißt sowas wie verzaubert. Aber nicht so verzaubert wie ein Frosch, der eigentlich ein Prinz ist, sondern so wie …« Leon überlegte kurz. »Wie ein alter, magischer Garten zum Beispiel. Oder wie ein Schloss, in dem schon lange niemand mehr lebt. Außer den Feen und Geistern natürlich.«

»Natürlich«, sagte Victor und grinste insgeheim. Ein cleverer Junge, dachte er bei sich. Und er freute sich, dass er ihn getroffen hatte.

»Also, wenn die das Buch sowieso wegwerfen, warum transportierst du es dann überhaupt zurück?«

»Na ja«, erklärte Victor. Die Sache war heikel. »Erstens transportiere ich es genau genommen nur zur nächsten Paketsammelstelle.«

Damit ließ sich Leon erwartungsgemäß nicht abspeisen, sondern blickte ihn nur weiter mit neugierigen Augen an.

»Und zweitens wissen wir ja gar nicht, ob sie es wirklich wegwerfen.«

»Du hast es aber gesagt.«

»Ich habe nur gesagt, dass sie es *wahrscheinlich* machen.«

»Dann würdest du ihnen doch einen Gefallen tun, wenn es gar nicht mehr zurückkäme«, meinte der Junge und ließ das Buch wie zufällig aus der Pappe rutschen.

Schön sah es aus. Und es war ziemlich schwer. Auf dem Umschlag prangte ein Bild von einer Insel im Schottischen Meer. Der Umschlag klappte praktisch von selbst auf. Und von Seite zu Seite traten neue geheimnisvolle Orte hervor: Wälder und Gebirge,

Tempel und Zisternen, Schluchten, Burgen und Oasen in Gegenden, von denen weder der Paketbote noch sein kleiner Passagier jemals gehört hatten (Freitag vielleicht, aber der sagte nichts).

»Ich denke, wir müssen es nicht zurücktransportieren«, sagte Victor nach einer Weile.

»Echt?«

»Es ist ja auch beschädigt.«

»Wo?« Leon drehte das Buch in den Händen.

»Na, da«, sagte Victor und machte einen Knick in eine Seite.

»Oh! Ja. Jetzt seh ich's auch.«

Sie zwinkerten einander zu und wussten: Spätestens jetzt waren sie Freunde.

Victor entschloss sich, all die Bücher, die ihn nicht so gefesselt hatten, in dem Bücherschrank Ecke Rotkehlchenweg zu hinterlegen. Vielleicht war es ja für jemand anderen die perfekte Lektüre. Es war interessant zu sehen, was dort hineingestellt worden war. Romane. Sachbücher. Eine Menge Kinderbücher! Victor nahm zwei davon für seinen neuen Freund Leon mit. Einen Abenteuerroman, in dem er sich sofort festgelesen hatte und von dem er wusste, dass es eine Geschichte war, die ihn selbst interessierte, als er las: »*Maggie war auf der Flucht und sie war fremd in der Stadt. Völlig unvorbereitet hatte es sie in eine Welt verschlagen, die für sie ganz und gar absonderlich war.*« So ging es ihm schließlich auch. Und auch wenn er selbst nicht auf der Flucht war, fühlte sich sein Alltag doch so an. Er würde *Maggie und die Stadt der Diebe* auch lesen, wenn Leon damit fertig war. Und vielleicht auch *Der kleine Nick*, ebenfalls ein Kinderbuch, aber was machte das schon, für gute Kinderbücher war man schließlich nie zu alt, oder?

Auch ein Exemplar von *Bezaubert* stand

in dem Schrank, und einer Laune folgend nahm Victor es mit, da er seines ja der schönen Unbekannten geschenkt hatte.

Der junge Mann unbekannter Herkunft war noch auf der Treppe, als er den Schrei hörte, dem ein seltsam hohes Echo folgte: »Ha!« – »Ah!«

Mit wenigen Schritten war er wieder oben und fand eine offene Tür, hinter der sich womöglich ein Drama zutrug, in dem jemand Hilfe brauchte. Beherzt trat er ein, ohne durch Klopfen auf sich aufmerksam zu machen, und wähnte sich sogleich in einer Szene wie aus einem Krimi: Eine junge Frau stand, ein Messer in der Faust vor einem Sessel, aus dem offensichtlich gerade ein Mädchen aufgesprungen war. Die beiden starrten sich an – und der Paketbote *erstarrte*.

So verrückt sich die Szene las, so realistisch schien sie Victor. Denn auch er erlebte ja jeden Tag die verrücktesten Dinge auf seinen Touren. An diesem Tag hatte er 237 Pakete ausgeliefert, ein neuer Rekord! Und er hatte 98 Retouren entgegengenommen, was auch am oberen Ende des Üblichen lag. Er war viermal auf eine Tasse Kaffee eingeladen worden und hatte dreimal abgelehnt (nur bei Frau Bundschuh in der Rheinstraße hatte er nicht ablehnen können, weil sie sie ihm bis zur Tür gebracht und ihn so einladend angesehen hatte; die Frau war einsam, das war offensichtlich – und sie war dankbar, wenn es *irgendjemanden* gab, der mit ihr plauderte, und sei es der Paketbote). Zweimal hatte er Trinkgeld bekommen, einmal einen Strafzettel (was ihn einen ganzen Stundenlohn kostete, da man ihm die Knöllchen nicht ersetzte). Er hatte Staubsauger ausgeliefert und Matratzen, Kleider, Schuhe, ein Vogelhäuschen, Schreibwaren und Küchengeräte, Zerbrechliches und Unförmiges. Heißersehntes, Unerwartetes und sogar Dinge, die man ihm postwendend wieder mitgegeben hatte, weil man sie ablehnte, die Sendung zu spät kam oder man den Absender nicht kannte. Ein gutes Dutzend Mal hatte er Nachnahme kassiert, einige Male auch Nachporto. Vier Hunde hatten ihn aggressiv angekläfft, ein kleines Mädchen wollte ihn nicht wieder gehen lassen, eine Kundin wollte ihn nötigen, ihr eine Massage zu geben (oder wahlweise sich selbst von ihr massieren zu lassen), ein Kunde hatte ihm wiederum Prügel angeboten (beides hatte er abgelehnt: die Massagen ebenso wie die Prügel).

Zwischendurch hatte er in einem ziemlich ergreifenden Roman aus seiner Heimat gelesen, wenn auch leider nur die deutsche Übersetzung: *Auf der Mântuleasastraße* von Mircea Eliade. Und er hatte sogar ein paar Takte komponiert, weil ihm eine kleine Melodie in den Sinn gekommen war, als er Leon am Königsplatz aus dem Wagen gelassen hatte. Er hatte an London denken müssen, an den Piccadilly Circus (auch wenn der Königsplatz freilich ganz anders aussah), und allein das Wort Piccadilly hatte durch seinen Klang eine lustige Folge von Tönen in seinem Kopf erzeugt.

Als er vor der Buchhandlung ankam, war es so spät, dass die Ladeninhaberin gerade dabei war, ihre leichte Sommerjacke überzuwerfen und die Lichter zu löschen.

»Wie schade, dass Sie schon schließen«, grüßte Victor durch die offene Tür und machte gar nicht erst den Versuch, noch einzutreten.

»Oh! Sie sind spät!«

»Ich musste lange arbeiten«, erklärte Victor beinahe wahrheitsgemäß.

»Da sind wir schon zwei. Eigentlich sollte ich jetzt noch die Buchhaltung machen.« Die Buchhändlerin seufzte. »Aber ich habe einfach keine Lust mehr.«

Buchhaltung. Ein seltsames Wort. »Seit ich zum ersten Mal hier war, mache ich ziemlich viel Buchhaltung«, erklärte Victor und grinste.

»Buchhaltung? Ach so!« Die junge Frau lächelte. »Ja. Deutsch ist eine seltsame Sprache.«

»Alle Sprachen sind seltsam«, sagte Victor. »Das macht ihren Zauber aus.«

Sie trat nach draußen und zog die Tür hinter sich zu.

»Ja. Vielleicht haben Sie recht.« Sie warf ihm einen fragenden Blick zu. »Woher kommen Sie denn eigentlich?«

»Aus dem Rumänischen«, erklärte Victor und verbeugte sich leicht. »Buna seara.«

»Oh. Guten Abend.«

»Das haben Sie erraten, oder?«

»War nicht so schwer«, lachte die Buchhändlerin. »Es klingt ja fast Italienisch. Und so viel Italienisch können hier alle.«

»Verstehe.«

Die junge Frau zögerte. »Kränkt Sie das?«

»Kränkt mich was?«

»Dass das Italienische ... nun ... populärer ist als das Rumänische?«

Erstaunt blickte ihr Victor in die Augen. »Nein«, sagte er. »Wieso sollte es? Es ist auch populärer als das Deutsche.«

»Hm. Da haben Sie zweifellos recht. Und woran liegt das, dass Italienisch so viele Freunde hat? Am Essen? An der Landschaft? An der Kultur? Oder an den alten Römern?«

»Am Klang natürlich«, stellte Victor fest und staunte selbst, dass er nicht anders konnte, als sogleich ein Chanson von Paolo Conte anzustimmen:

Via, via, vieni via di qui,
niente più ti lega a questi luoghi,
neanche questi fiori azzuri ...

»Die blaue Blume«, lachte die Buchhändlerin. »Die haben die Dichter in der deutschen Romantik auch besungen. Aber Sie haben schon recht, das klingt wunderhübsch! Kennen Sie das?« Sie überlegte kurz und sang: »Volaaare …«

Und Victor ließ es sich nicht nehmen, das folgende »Cantare« mitzusingen. Eine singende Buchhändlerin – so kühl war sie gar nicht, wie er sie seit seinem ersten Besuch im Verdacht hatte. »Ein wunderschönes Lied«, stimmte er zu. »Und der Titel sagt schon alles über die Schönheit der italienischen Sprache.«

»Der Titel? Volare?«

»Das ist nicht der Titel«, erklärte Victor lächelnd. »Das Lied heißt *Nel blu dipinto di blu*.«

»In Blau gemalt?«

»Fast. Wohl mehr *In Blau gemaltes Blau*.«

»Nel blu dipinto di blu«, wiederholte die Buchhändlerin. In der Tat: wie wundervoll die Töne. Die Sprache war alleine schon wie Musik.

Ohne dass die junge Frau oder der zu spät gekommene Kunde sich darüber Gedanken

gemacht hätten, spazierten sie beide unvermittelt gemeinsam den Weg entlang Richtung U-Bahn. Und ohne dass Victor es sich
überlegt hätte, stieg er mit der Buchhändlerin (und Freitag) in die U 4 und fuhr ein
Stück mit. Denn ein Gespräch über Sprache
und ein Gespräch über Lieder hat bekanntlich immer etwas Inspirierendes! Und ist
nicht letztlich jede Sprache Musik und jedes
Buch ein Lied?

Als Victor zwei Stationen später mit seinem Hund wieder ausstieg, um den Weg zu-
rückzulaufen (denn natürlich wohnte er in
der entgegengesetzten Richtung), hatte er
eine Reihe interessanter Empfehlungen für
»musikalische Romane« von der Buchhändlerin bekommen, also für Erzählungen, die
sich durch den besonderen Klang ihrer Sprache auszeichneten. »Wissen Sie«, hatte die
junge Frau erklärt, »manchen Autorinnen
und Autoren gelingt es, eine Melodie für
ihre Prosa zu finden, die der Poesie gleich-

kommt. Dann trägt einen die Sprache durch das Buch wie Wellen übers Meer.«

Ein schönes Bild, befand Victor. Und zugleich fand er, dass es ihm ganz genauso ging mit der Stimme der sympathischen Buchhändlerin, die einen ganz eigenen Klang und eine ganz eigene Melodie hatte.

8

Wer denkt, ein Paketwagen sei ein gewöhnlicher Lieferwagen, hat keine Vorstellung davon, wie die Welt ganz allgemein und die Logistiksparte im Besonderen funktioniert. Auch Victor hatte keine solche Vorstellung, als er sich um den Job bewarb. Wie auch? Du bestellst, wartest, wenn du Glück hast, geht es schnell, wenn du Pech hast, schimpfst du hinterher auf den Service. Das heißt in den meisten Fällen: auf den Boten. Also auf den Menschen, der jeden Tag eine Million Sendungen an eine Million verschiedene Adressen bringen soll, jede natürlich als Erste. »Zustellung vor neun Uhr« gilt ja inzwischen geradezu als Standard. »Zustellung vor zwölf Uhr« ist der Eilservice für Arme und wird in der Branche nicht mehr wirklich ernst genommen. Kunden ohne besondere Zustellzeit sind die Kassenpatienten unter den Sendungsempfängern.

Aber es ist ja nicht mit Tempo getan. Die Auslieferung selbst steht am Ende einer langen Kette von winzigen Einzelschritten, die ineinandergreifen müssen wie die Räder eines Uhrwerks. Fällt nur irgendwo ein Staubkörnchen in dieses Getriebe, gerät alles durcheinander, und der Tag ist die Hölle. Das fängt bei der Belieferung an: Jeden Morgen nimmt Victor seine drei Gitterrollwagen mit Päckchen und Paketen an der Rampe ab. Sie sind vorsortiert, und zwar nach einem ganz bestimmten Routenschlüssel. Zumindest sollten sie das sein. In Wirklichkeit scheinen weder die Kollegen, die das vorbereitet haben, noch die Scanner, die die Pakete in einzelne Slots schieben, die Zahlen von Eins bis Zehn zu beherrschen. Oder sie benutzen ein geheimes

System, in das sie ihre Fahrer nicht einweihen. Jedenfalls kommen die Pakete selten in der richtigen Reihung sortiert auf den Gitterwagen an. Weshalb sie auch selten in der richtigen Reihenfolge im Lieferwagen landen. Für Victor bedeutete dies, dass er seinen Tag damit anfing, alle noch einmal zu sortieren, nach seinem eigenen System. Sicher, die großen Pakete unten, die kleineren und leichteren nach oben hin. Sperriges kam hinter der Fahrerkabine, von der aus es einen Zugang zum Frachtraum gab, in eine gesonderte Kiste (sofern es dort hineinpasste, sonst musste man improvisieren). Ein ausgeklügeltes System von Gurten und Netzen hielt alles halbwegs an seinem Platz – morgens kein Problem, wenn sich die vielen Sendungen gegenseitig am Rutschen hinderten. Im Laufe des Tages aber nahm die Eigenbewegung der Pakete zu und der ganze Wagen bekam eine veränderte Statik oder – noch heikler – Beweglichkeit in den Kurven. Da wirkten Fliehkräfte, wie man sie sonst eher aus der Astrophysik kannte.

Das Routenkonzept mochte zwar den Gegebenheiten der Straßenverkehrsordnung und dem Stadtplan entsprechen, sodass dafür gesorgt war, dass die Fahrer nicht plötzlich auf der falschen Seite, also der Mündung einer Einbahnstraße ankamen, sich in uneingeschränkten Haltverboten wiederfanden oder einer anderen als der rechnerisch kürzesten Distanz folgten. Was sie allerdings nicht berücksichtigten, waren die eigentlich entscheidenden Aspekte: Gab es auf der Route einen Imbiss? Wie viele bissige Hunde lauerten in der Nachbarschaft? Welche Einfahrt war zuverlässig immer blockiert? Welcher Sendungsempfänger fieberte immerfort seinem nächsten Herzinfarkt zu, wenn die Lieferung erst am Nachmittag erfolgte? Und vor allem: Konnte nicht Bianca Martini ganz am Anfang oder ganz am Ende der Route liegen, damit es zumindest eine theoretische Chance gab, sie einmal abzupassen, ehe sie das Haus verließ oder wenn sie von der Arbeit zurückkam?

Es war nicht so, dass Victor sich seine Route nicht längst völlig anders zurechtgelegt hätte. Das machten praktisch alle Kollegen, und sie machten es alle aus gutem Grund. In seinem Fall war es eine Strecke, dank derer er in den ersten zwei Stunden die schrecklichsten Straßen abarbeiten konnte, um den restlichen Tag durch die ruhigeren und grüneren Gegenden zu fahren. Damit verlor er zwar am Anfang stets etwas Zeit, weil er viel im Stau stand. Doch die Minuten holte er später locker rein. Vor allem: Wenn er seinen Arbeitstag beendete, blieb die Erinnerung an die letzten Lieferungen frisch, die in die Alleen nahe dem Schlosskanal gegangen waren oder in die Sträßchen rund um den Stadtpark. Man ging ganz anders in den Feierabend, wenn man nicht bis zur letzten Minute in Stau und Staub unterwegs war.

Allein, die Adresse von Bianca Martini konnte er in seiner Route weder ganz an den Anfang noch ganz ans Ende organisieren, wie er es auch drehte und wendete. Denn sie lag nun einmal genau in der Mitte. Er hätte mindestens an Dutzenden Lieferadressen vorbeifahren müssen, um zu ihr zu kommen. Adressen, die er nicht einfach links liegenlassen konnte. Denn wenn es ein Naturgesetz unter Lieferanten gab, dann war es: *Wenn du da bist, liefere aus.* Man durfte niemals zweimal an ein und demselben Haus vorbeifahren. Für solche Extratouren war schlicht keine Zeit.

Allerdings musste Victor feststellen, dass das Problem in den folgenden Tagen ein ganz und gar theoretisches blieb. Denn Bianca Martini schien kein Interesse an neuen Büchern zu haben. Jedenfalls bestellte sie nichts. Übrigens auch keine Dessous. Vielmehr musste der junge Paketbote von Montag bis Donnerstag nur einen einzigen Stopp an der Siebzehn einlegen: Hubers aus dem Erdgeschoss hatten sich eine Überwachungskamera bestellt. *Holzauge 8.* Seltsamer Name für ein technologisch führendes Produkt. Falls es eines war.

Hubers waren untypische Besteller. Diesmal war's ein Technikprodukt. Letztes Mal waren es Blumentöpfe. Davor hatten sie eine Matratze bestellt (ein Monstrum von 20,8 Kilo, Victor tat der Rücken weh, wenn er nur daran dachte). Mal war es Heimdeko, dann war es eine große Kiste Spülmaschinensalz (12,4 Kilo; Victor hatte die Hubers im Verdacht, vor allem das zu ordern, was sie nicht selbst schleppen wollten, dazu würde auch die Großpackung Druckerpapier passen), mal etwas von *amoralie.com* (oder was sie vielleicht nicht so gerne im Laden kauften).

Andere waren dagegen berechenbar. Bertrams etwa bestellten alle zwei Wochen ihr Müsli, jedes Mal eine Kiste mit vier großen Dosen. Und einmal im Monat eine Lieferung von *windel-king.com* (gut, das würde sich auf absehbare Zeit ändern).

Die Bücherfraktion war weit verbreitet, auch wenn klar war, dass es nicht nur Gedrucktes war, das von den großen Internetlieferanten kam, sondern dass die längst Warenhäuser mit einem Sortiment vom Gartenspaten über Nasenhaartrimmer bis hin zu Wendepailettensets zum Selberaufnähen führten. Nichts, was es nicht gab, und nichts, was nicht bestellt worden wäre. Vor allem: Nichts, das nicht auch zurückgeschickt worden wäre! Das reichte bis hin zur Klobürste. Sicher, Victor konnte nicht wissen, ob in der entsprechenden Verpackung nicht tatsächlich Geschirrtücher retourniert wurden, die nicht gefielen, oder ein Kuscheltier, das den Ansprüchen nicht genügte. Aber überraschend oft wurde er von den Kunden ins Vertrauen gezogen.

»Wissen Sie«, sagte etwa Frau Fischer von

der Vierundsiebzig, »ich hatte mir schon gedacht, dass es vielleicht nicht ganz jugendfrei ist.« Sie blickte ihm tief in die Augen (eindeutig zu tief, wie er fand). »Aber so einen Schweinkram hatte ich mir nicht vorgestellt.« Und damit verpackte sie den *Keller der Lüste* wieder in den Umschlag und knipste ihn mit einem Tacker zu, ehe sie ihn ihm überreichte. Hatte man wirklich etwas anderes als »Schweinkram« erwarten dürfen?

Auch wenn er noch weit davon entfernt war, literarisch bewandert zu sein, so war es doch klar, dass alles, was sich Menschen dank ihrer grenzenlosen Phantasie auszudenken imstande waren, letztlich auch Eingang in die Literatur fand. Entsprechend gab es für jeden Geschmack das richtige Buch und für jedes Bedürfnis die perfekte Lektüre. Man musste sie nur finden. Nun gut, der *Keller der Lüste* würde also seinen Weg zurück nehmen zu seinem ursprünglichen Absender. »Vielleicht probieren Sie es mal mit

Fifty Shades of Grey«, hörte Victor sich zu seinem eigenen Entsetzen sagen.

Davon hatte Frau Fischer schon vage gehört und erwiderte zu Victors nicht geringerem Entsetzen: »Meinen Sie? Vielleicht sollte ich das.« Ein weiterer tiefer Blick in seine Augen. »Haben Sie es denn gelesen?«

Victor räusperte sich, räusperte sich nochmals. Und noch ein drittes Mal, ehe er gestand: »Nur ein bisschen drin herumgelesen.«

»Herumgelesen … soso.« Hatte sich die Kundin gerade über die Lippen geleckt? Hastig klemmte Victor die Retoure unter den Arm und winkte ihr zu, während er die Treppe wieder hinunterlief.

Dass er anderntags ein neues Päckchen von *buecherheld.de* in die Vierundsiebzig, zweiter Stock, hinauftrug und bei »Fischer« klingelte, überraschte ihn schon nicht mehr. Dass ihm die Kundin die Tür so schnell öffnete, als hätte sie schon dahinter gewartet (was sie am Ende gar getan hatte?), erst recht nicht.

Nein, die Menschen waren berechenbar. Für einen Paketboten waren sie so berechenbar wie seine Kollegen, die ihm die Sendungen vorbereiteten. Victor kannte sie alle. Diejenigen, die überfordert waren, und diejenigen, die vereinsamt waren. Diejenigen, die sich auf ihn freuten, die, die immer schimpften, die Harmlosen und die Gefährlichen.

Im Grunde waren die Menschen sich ähnlich. Sie schimpften, wenn er den Wagen in die Zufahrt stellte, aber sie erwarteten trotzdem, dass er pünktlich lieferte, besser noch überpünktlich. Sie klagten darüber, dass immer mehr Lieferwagen die Straßen verstopften, aber sie bestellten jedes Jahr mehr als im Vorjahr. Sie ärgerten sich darüber, dass so viele Migranten als Lieferboten eingesetzt wurden, aber sie wollten keinesfalls höhere Paketpreise. Das war die eine Seite. Die andere Seite war, dass Victor immer wieder Erlebnisse hatte, die ihm zu Herzen gingen. Denn es waren ja keineswegs alle Menschen schrecklich. Im Gegenteil! Sogar die Schrecklichen waren oft in Wahrheit sehr liebenswert. Sie mussten es mitunter nur selbst erst einmal herausfinden.

Wie Herr Gerber aus der Kastanienallee. Er fand jeden Tag einen Grund zur Beschwerde. Mal war es, dass die Sendung zu spät eintraf, mal war es, dass eine Kante etwas eingedrückt war. Dann fand er, dass der Bote patzig war (in Wirklichkeit hatte Victor lediglich nicht richtig sprechen können, weil er den Stapel Päckchen mit dem Kinn gestützt hatte). Und am Donnerstag war es dann zum Eklat gekommen, weil Freitag unerwarteter (und vor allem: unerlaubter) Weise aus dem Wagen gehüpft war und nun auf dem Rasen des kleinen Vorgartens von Herrn Gerber stand.

»Ist das Ihr Hund?«, fragte der Kunde mit kaum gezügelter Aggression.

»Wir sind gleich weg«, erklärte Victor,

während er dem Kunden seinen Scanner zur Unterschrift hinhielt.

»Wo ist der Stift?«

»Kein Stift. Bitte unterschreiben Sie mit dem Finger.«

»Mit dem Finger kann man nicht unterschreiben. Wie soll das denn aussehen!«, insistierte Gerber.

»Das ist egal, wie es aussieht. Hauptsache, es ist eine Unterschrift.«

»Für meine Unterschrift brauche ich aber einen Stift.«

»Auf dem Display kann man leider nicht mit Stift unterschreiben. Das geht nur mit dem Finger.«

»Was für ein Blödsinn!«, schimpfte Herr Gerber. »Und schaffen Sie mir endlich den Hund aus meinem Garten, bevor er noch etwas hier hinterlässt!«

»Das würde Freitag nie tun!«, versicherte Victor.

»Ja, Freitag vielleicht nicht«, knurrte Herr

Gerber (worauf auch Freitag zu knurren begann). »Aber heute ist Donnerstag. Wehe, er untersteht sich!« Er machte einen Schritt auf Freitag zu. Victor trat zur Seite, um ihm den Weg zu versperren (und vor allem Freitag, der plötzlich gar nicht mehr so friedlich klang wie sonst immer). Die Pakete kamen ins Rutschen, Victor versuchte, sie aufzuhalten, verlor das Gleichgewicht, stolperte über seine eigenen Füße und schlug der Länge nach auf die Granitplatten vor Herrn Gerbers Hauseingang.

Als er wieder zu Bewusstsein kam, hatte sich der Kunde über ihn gebeugt und ihm begütigend die Hand auf die Brust gelegt. »Hören Sie mich? Ist alles in Ordnung mit Ihnen?«

Die nächste Viertelstunde verbrachte Victor in Herrn Gerbers Haus, wo sich herausstellte, dass der Kunde ein pensionierter Fagottist war, der sein Instrument nicht mehr spielen konnte, weil er unter Gicht litt, dass

er selbst ein wenig komponierte (Victor entschied sich, zur Qualität der Arbeiten diskret
zu schweigen), dass er durchaus belesen war
(und auch *Der weite Weg nach Hause* kannte
und »ganz passabel« fand), ja dass man überhaupt einige Gemeinsamkeiten hatte (auch
Herr Gerber war in jungen Jahren mal in einem Schachclub gewesen).

Rührend umsorgte Herr Gerber den jungen Paketboten und gab ihm am Ende sogar
noch einen Wurstzipfel für den Hund mit
(den Freitag elegant zunächst ein wenig hin
und her rollte, ehe er ihn des Verzehrs für
würdig befand) sowie die allerbesten Wünsche für die restliche Tour.

Ja, man lernte viel über Menschen beim
Ausliefern von Paketen. Aber man wurde
doch auch immer wieder überrascht. Denn
der Mensch mochte durchsichtig und berechenbar sein – aber in ihn hineinblicken
konnte man am Ende doch nicht.

Ein wenig kam Victor die Idee, mit der schönen Mademoiselle Martini ins Gespräch zu kommen, indem er ihr Bücher vor die Wohnungstür legte, vor wie der Versuch, Flaschenpostbote zu werden: Man konnte alles auf den Weg bringen. Aber fand jemals etwas zu einem zurück?

Ausgerechnet an dem Tag, an dem er mal wieder ein Päckchen mit dieser hübschen aufgedruckten Schleife in der Siebzehn auszuliefern hatte (diesmal allerdings für eine gewisse Claire Wagner), war wieder ein Päckchen von *buecherheld.de* dabei. Für Bianca Martini. Mit leicht erhöhtem Puls lief Victor die Treppen in den vierten Stock hinauf.

Mit *Wasser für die Elefanten* hatte er ein neues Lieblingsbuch entdeckt, die Geschichte eines Zirkus im Nordamerika des neunzehnten Jahrhunderts. Auch diese Erzählung hatte etwas leicht Melancholisches an sich, vielleicht weil es darin auch um eine ziemlich unmögliche Liebe ging. Victor hatte in dem Buchladen an der Kasse noch ein hübsches Kärtchen entdeckt, aus dem, wenn man es aufklappte, ein Zirkuszelt aufsprang, bevölkert von Clowns und Elefanten, einer grazilen Artistin (in der er natürlich sogleich Bianca Martini erkannt hatte) und einer liebenswerten Familie von Pinguinen. »Mit einer Empfehlung Ihres Paketboten«, schrieb er hinein und fand, das klang, als wäre es die Werbung eines PR-Unternehmens, weshalb er, wie schon beim ersten Präsent, in Klammern »Victor« dahinter setzte.

Aber natürlich war an der Tür der geheimnisvollen Dame nichts für ihn hinterlegt. Woher sollte sie auch wissen, dass die Lieferung schon heute kommen würde, schließlich hatte sie keine Eilsendung beauftragt. Aber selbst wenn! Es gab zu allem Überfluss ja auch noch etliche andere Paketauslieferer. Was, wenn sie sein Buch wieder rausstellte und auf ihrem Zettel stand: »Für den freundlichen Paketboten«? Wer sagte denn, dass es nicht der Kollege von der Konkurrenz einheimste?

Um es kurz zu machen, Victor musste sich nicht nur eingestehen, dass er ein klein wenig enttäuscht war, er war auch etwas verzagt. Sein Plan schien ihm zunehmend unsinnig und wenig aussichtsreich. Dennoch platzierte er die *Elefanten* in den Winkel des Türstocks (was hätte er auch sonst tun sollen) und zögerte kurz, ob er nicht lieber doch klingeln sollte. Aber dann hätte er auch beim letzten Mal läuten können. Das wäre damals aufdringlich gewesen – und es wäre jetzt aufdringlich.

Wäre er ein paar Minuten früher eingetroffen, so hätte er vielleicht Doktor Funk aus besagter Tür treten sehen, hätte dessen leicht umwölkte Stirn als Ausdruck einer gewissen Sorge gedeutet und ihn gefragt, ob alles in Ordnung sei (der Herr Doktor war als solcher leicht zu erkennen, da er immer

eine dieser altmodischen, längst aus der Mode gekommenen Arzttaschen bei sich trug,
die man sonst für gewöhnlich nur noch in
Filmen über Landärzte sah, meist engli-
schen). Womöglich hätte ihm Doktor Funk
anvertraut, dass es der alten Dame nicht besonders gut gehe. »Der alten Dame?«, hätte
Victor gefragt, und sogleich wäre sein Phantasiegebilde in sich zusammengestürzt. »Ja«,
hätte der Arzt geantwortet. »Frau Martini.« –
»Ach«, hätte Victor womöglich geantwortet, denn es ist anzunehmen, dass ihm in der
Situation nicht viel Klügeres eingefallen wäre. Und dann hätte er vielleicht dennoch gefragt: »Was fehlt ihr denn?«

»Sie hat die Grippe«, hätte Doktor Funk
geantwortet. Denn das war es, was Bianca
Martini sich zugezogen hatte. Eine ganz
prosaische Grippe mit allem, was dazu gehörte: Husten, Schnupfen, Gliederschmer-
zen. Und natürlich Temperatur, wenn auch
nicht die ganz hohen Grade, denn mit zu-

nehmendem Alter nimmt bekanntlich die Fieberkurve etwas ab.

So aber erfuhr Victor nichts von seinem Irrtum über die Person der leidenschaftlichen Leserin und auch nichts über ihren gegenwärtigen Zustand. Vielmehr legte er seine Sendung bei Bianca Martini ab, stellte seine *Elefanten* daneben, steckte das Kärtchen dazu und machte sich dann wieder auf den Weg, auf dem ihn schon sein neuer Freund Leon erwartete. Diesmal mit einer Überraschung.

Sie hatte den Doktor noch etwas fragen wollen. Aber langsam, wie sie in diesem Zustand war, hatte der das Haus längst verlassen, als die alte Dame endlich an der Tür angelangt war. Oder waren da noch Schritte auf der Treppe zu hören? Hastig öffnete sie und streckte den Kopf hinaus. Dem Arzt hinterherzurufen, wäre eine Möglichkeit gewesen. Wenn sie das denn mit dem Hals gekonnt hätte. Konnte sie aber nicht. Weshalb sie nur dastand und darauf lauschte, wie unten die Haustür ins Schloss fiel. Dann war es ganz still im Gebäude. Und vor ihr lag ein Päckchen auf dem Boden.

Neben dem Päckchen aber stand – wie neulich, als *Bezaubert* bei ihr angekommen war – ein Buch mit einer Karte darin, einer ganz besonderen Karte sogar, wie Bianca Martini feststellte, als sie sie mit zitternden Händen am Küchentisch aufklappte. Ein kurzer Gruß und ein bezauberndes kleines Kunstwerk. Pop-up nannte man so etwas! Und die alte Dame hatte dergleichen geliebt, als sie noch sehr jung gewesen war und es die ersten Bücher dieser Art zu kaufen gegeben hatte.

Diese Karte musste sie unbedingt dem Mädchen zeigen! Verwirrt blickte Bianca Martini auf. Dem Mädchen? Für einen Moment fühlte sie sich wie auf einem schwankenden Schiff. Nein, die kleine Besucherin in ihrem Wohnzimmer war doch bloß ein Phantasiegebilde gewesen, oder? Sozusagen herausgelesen aus einem Buch, befeuert durch einen Fieberschub. Denn wenn sie sich richtig erinnerte, dann hatte sie die Geschichte doch in *Bezaubert* gelesen. Andererseits … Erschöpft wankte sie hinüber ins Wohnzimmer, blickte auf das Sofa, auf das Fotoalbum, auf das Buch – und zu dem nicht vorhandenen Lehnstuhl hin … Vor dem Fenster tanzten Pollen und Staub im Sonnenlicht, aber ein Kater namens Madame Chauchat war nicht zu sehen … und zog dann zur Sicherheit die Schublade des Sekretärs auf, in dem das Messer – nicht lag.

9

»Oh! Bist du unter die Paketboten gegangen?«

Leon stand mit einer großen Schachtel neben dem Wagen und hatte eine wichtige Miene aufgesetzt. »Nein«, sagte er. »Das ist für den Bus.«

»Den Bus? Welchen Bus?«

»Den Lieferwagen«, präzisierte der Junge und nickte zu Victors Fahrzeug hin, als bräuchte es auch noch eine Erklärung für besonders einfältige Gemüter.

»Aha. Und was ist drin?«

»Wirst du dann schon sehen.«

Victor wunderte sich nur ein bisschen, dass Leon schon einige Stationen früher zustieg. Offenbar hatte der Junge seine Routenliste studiert und wusste nun, wo sein Kumpel Freitag mit seinem Herrchen immer so unterwegs war. »Okay. Spring rein!«

»Ich muss nach hinten.«

»Hinten ist aber nicht erlaubt.«

»Ist auch vorne nicht erlaubt«, hielt Leon dagegen. »Du bist schließlich kein Taxi.«

»Stimmt«, gab Victor zu. »Steig trotzdem vorne zu und geh dann von innen nach hinten.« Es musste ja niemand sehen, dass der rumänische Paketbote unerlaubte Personentransporte erledigte. Leon stieg zu und setzte sich kurz auf den Beifahrersitz, wo ihn Freitag mit heftigem Ablecken der Hände begrüßte.

»Schule schon aus?«

»Mhm«, gab sich der Junge einsilbig.

»Hm«, machte Victor. Denn das war eine Antwort, die er zu seiner eigenen Schulzeit auch gegeben hätte – wenn er schwänzte.

»Du weißt, dass ich dich nicht mitnehme, wenn du nicht zur Schule gehst.«

»Aber wieso?«

»Weil Schule wichtig ist.«

»Klar«, bestätigte Leon. »Das sagen alle Erwachsenen.«

»Und es stimmt ja auch.«

»Ich lerne mehr, wenn ich ein Buch lese.«

»Vielleicht«, gab Victor zu. »Aber trotzdem …« Das war eine Diskussion, die er nicht führen wollte. »Wenn deine Eltern das erfahren …«

»Meine Mama.«

»Deine Mama dann eben.« Ob es keinen Vater mehr gab?

Schweigsam fuhren sie zur nächsten Station, die allerdings nur drei Häuser entfernt lag. Der Mann im Dreiteiler stand schon an seinem Auto. »Sie schon wieder«, knurrte er.

Freitag knurrte zurück.

Victor wartete etwas, bis der Dreiteiler mit seiner dunkelblauen Limousine aus der Einfahrt zurückgesetzt hatte und auf die Straße gebogen war, ehe er vors Haus rollte und die Tür entriegelte. Leon war bereits nach hinten geklettert. »Stopp!«, rief er. »Jetzt musst du warten!«

»Ich muss meine Pakete ausliefern!«, protestierte Victor und seufzte innerlich. Warum hatte er das mit dem Jungen nur begonnen? Der Kleine benahm sich, als wäre er selbst der Fahrer. Oder noch besser: der Chef. »Hör mal …«

»Liegt alles schon an der hinteren Tür bereit!«, fiel ihm Leon ins Wort und zog die Zwischentür zur Fahrerkabine zu, sodass der Paketbote notgedrungen um den eigenen Wagen herumgehen musste, um seine Lieferungen von der Rückseite aus zu nehmen.

Leon hielt die Hintertür so weit zu, dass gerade die Päckchen durchpassten: drei Sendungen. Nicht besonders schwer und nicht besonders sperrig – aber natürlich alle für die oberen Stockwerke.

Es dauerte etwas länger mit der Auslieferung, weil Victor einmal Nachnahme abrechnen und einmal als Schlichter in einem

Streit zwischen Herrn und Frau Steiner tätig werden musste, ob das Paket angenommen werden sollte oder nicht (dafür sprach, dass Frau Steiner es bestellt hatte, dagegen sprach, dass Herr Steiner davon nichts gewusst hatte und es ablehnte, dass seine Frau bestimmte, welchen Schlafanzug er tragen sollte; Victor war offenbar überzeugend genug gewesen, als er die schließlich von Herrn Steiner vorgeführte Neuerwerbung als »elegant und sehr männlich« bezeichnet hatte).

Zeit, die von der Uhr ging. Oder vielmehr: Zeit, die am Ende obendrauf kam. Von der Uhr ging sie für all die Lieferungen, die noch vor zwölf Uhr an ihrem Bestimmungsort eintreffen sollten. Obendrauf ging sie hinsichtlich des gesamten Arbeitstags. Der würde wieder einmal deutlich länger werden, weil sich jetzt schon abzeichnete, dass die 201 Sendungen, die an diesem Tag auszuliefern waren, wesentlich länger brauchten als von der Paketzentrale berechnet.

Zurück am Lieferwagen staunte Victor nicht schlecht, als er ein großes Plakat – selbstgemalt – auf der Seitenfläche prangen sah: *Victors Bücherbüs*.

»Bücherbüs?«, fragte er belustigt.

»Bücherbus«, erklärte Leon und runzelte die Stirn. »Das soll ein Schmetterling sein.« Er deutete auf die Stelle über dem »U«.

»O ja, stimmt. Jetzt erkenne ich es.«

»Bücherbüs klingt komisch.«

»Oder türkisch.«

»Stimmt. Da gibt es viele Üs.« Leon grinste. »Kümmst dü rein?«

»Ünbüdüngt!«, sagte Victor und stieg zu.

Drinnen hatte der Junge eine Girlande aus kleinen bunten Lampions aufgehängt. Und er hatte eine Sammlung von Kinderbüchern in die Regale gestellt, die so richtig Lust machten, sie zu lesen.

»Leider hab ich keine Steckdose gefunden«, erklärte Leon. »Deshalb leuchten die Laternen nicht.«

»Oh. Hier gibt es keine normale Steckdose. Leider.«

»Schade.«

»Ja … schade. Aber es sieht auch so ganz zauberhaft aus.«

»Ich dachte, wenn wir schon eine Art Lesebus haben, dann sollten wir auch andere Leute mit Büchern beliefern.«

»Tun wir doch.«

»Ja, aber mit Büchern, die wir nicht lesen dürfen. Ein Bücherbus«, erklärte der Junge und war plötzlich ganz ernst, »ist eine gute Sache. Er bringt Bücher zu allen Menschen, auch zu denen, die sie sich nicht leisten können.«

»Oder die keine bestellt haben«, führte Victor den Gedanken fort.

»Ja! Sogar zu Leuten, die noch gar nicht wussten, dass sie ein Buch haben wollen!«

Der Paketbote wiegte den Kopf. »Meinst du wirklich? Wie sollen die das denn herausfinden?«

»Sie sehen den Bücherbus, werden neugierig, stecken den Kopf herein – und schwups! – schon beginnen sie zu lesen.«

Eine schöne Idee, fand Victor. Auch wenn sie vielleicht etwas naiv war, ein bisschen zu optimistisch. Aber wenn er eines gelernt hatte, dann dass ohne Optimismus im Leben nichts zu erreichen ist. Nur: Wie sollte er solche Extratouren mit seiner Tour vereinbaren? Er kam ja jetzt schon bei weitem nicht mit der vorgegebenen Zeit hin! Wenn er nun alle möglichen Leute einlud, im Lieferwagen nach Lektüre zu schauen, würde er mit seiner Arbeit gar nicht mehr fertig.

»Du siehst nicht begeistert aus«, stellte Leon fest.

»Doch«, entgegnete Victor. »Die Idee ist schön. Ich weiß nur nicht, wie das gehen soll.«

Es ging einfacher als erwartet! Denn tatsächlich blieb schon an der Wagnerstraße eine junge Frau mit Buggy stehen, die Leons Schild bewunderte und begeistert von einem Gutenachtgeschichtenbuch erzählte, bei dem man sich nicht entscheiden konnte, ob die Bilder oder die Erzählungen noch schöner waren. Für die ganz Kleinen hatten Leon und sein Kompagnon leider nichts dabei. Aber die junge Mutter wischte ein paarmal über das Display ihres Smartphones und sagte dann lächelnd: »Morgen bringt mir Ihr Bücherbüs ein süßes Bilderbuch für meinen Florian hier!« Sie wuschelte dem Kleinkind durchs Haar, das – mit den Beinen wackelnd – die Unterhaltung der Großen verfolgt hatte, und ging dann grüßend ihrer Wege.

»Hoffentlich nicht vor neun«, murmelte Victor etwas verdrießlich.

»Bücherbüs«, murmelte Leon leicht angesäuert.

Doch sie hatten gar keine Zeit, sich zu grämen, denn schon stand ein älteres Ehepaar vor dem Wagen und blickte neugierig hinein. »Sieht aber gar nicht aus wie ein Bücherbus«, stellte der Herr mit Haarkranz und Gehstock fest.

»Wie sieht denn ein Bücherbus aus?«, wollte Leon wissen und stemmte die Fäuste in die Seiten.

»Bücher statt Pakete. Es sieht aber so aus, als wären da vor allem Pakete drin«, konstatierte der ältere Herr. »Man erkennt es ja auch am Aufdruck, dass es eigentlich ein Lieferwagen ist.«

»In den Paketen sind ausschließlich Bücher«, stellte Leon dreist fest. »Das ist ein Speziallieferwagen!«

»Was es alles gibt«, sagte die ältere Dame und nickte anerkennend. »Da müssen einige Bücher ziemlich groß sein.« Sie deutete auf ein Paket von *Baby-Universum*, das vermutlich einen Kinderwagen enthielt, und auf eines von *Matratzenmeister*, das so groß war, dass man es nur aus dem Wagen brachte, wenn man beide Flügel der Hintertür aufklappte.

»Spezialbücher«, stellte Leon fest. »Sonderanfertigungen.«

»Darf man mal einsteigen?«, fragte der ältere Herr, der jetzt den Band *Karten verwunschener Orte* entdeckt hatte, das ganz vorne bei der Tür lag.

»Gerne!« Leon blickte erst gar nicht zu seinem Freund hin. Wenn es Kundschaft gab, durfte man sie nicht vergraulen.

Eine halbe Stunde später half Victor, nervlich etwas zerrüttet, dem Ehepaar wieder nach draußen (inzwischen waren noch zwei Mädchen aufgetaucht, die sich fachmännisch mit Leon über *Harry Potter* und die *Elfenschwestern* unterhalten hatten, ein junger

Mann, der aber vor allem an der jungen Frau interessiert schien, die ebenfalls stehengeblieben war – und ein Kollege von Victor, der die Angelegenheit skeptisch betrachtete, vielleicht auch ein wenig neidisch, und sich zu der Aussage verstieg: »Das wird Ärger mit Zumteufel geben.«)

Natürlich gab es Ärger mit Zumteufel. Und so gerne Victor »Zum Teufel mit Zumteufel!« gerufen hätte, er wusste, dass der Chef nicht anders konnte, als die Umwidmung dieses Paketwagens zum Bücherbus abzumahnen. »Das geht nicht, Herr Iordanescu. Wenn ich Ihnen das durchgehen lasse, bekomme ich Ärger. Und wenn es meine Chefin durchgehen lässt, bekommt sie Ärger.«

Das verstand Victor. Weshalb eine Lösung gefunden werden musste, mit der Leon leben konnte und die weder Victor noch dessen

Security in Gefahr brachte, den Job beziehungsweise das Herrchen zu verlieren (nicht wirklich nötig, an dieser Stelle zu erwähnen, dass natürlich weiterhin niemand sich wegen der Zettel »Hund zugelaufen« gemeldet hatte).

Ein weiterer Abend, an dem der junge Paketbote den Weg zur *Bücherfee* einschlug. Der kleine Laden war ausnahmsweise gut besucht. Offenbar eine Art Lese-Club: Frauen, die lebhaft über Bücher diskutierten. Victor hörte mit halbem Ohr zu und fragte sich, warum eigentlich nicht auch Männer in solchen Zirkeln mitmachten. Denn so natürlich es auf den ersten Blick wirkte, dass da nur Frauen beisammensaßen, um die Welt der Literatur zu erkunden und sich über die verschlungenen Wege der Phantasie auszutauschen, so dumm war es doch! Also: von den Männern. Von den Männern, die Victor kannte, hätte es einigen zweifellos ziemlich gutgetan, mal ein Buch zu lesen oder sich gar damit auseinandersetzen zu müssen.

»Was meinen Sie?«, hörte er plötzlich eine vertraute Stimme hinter sich. Die Buchhändlerin, die an der Runde teilnahm, hatte sich zur Seite gedreht und ihn angesprochen.

»Ich?«

»Kann man eine Geschichte ohne Ende erzählen?«

Victor hob lächelnd die Arme. »Das kann ich Ihnen leider nicht beantworten. Ich vermute, in der Literatur kann man alles.«

»Da seht ihr es!«, rief eine der Frauen.

»Und in der Realität sind ja alle Geschichten ohne ein Ende.«

Schweigen.

Nun wandten sich alle zu ihm um. »Wie meinen Sie das?«, fragte eine Frau mit auffällig rot gefärbten Haaren, die dafür im Übrigen äußerst blass war.

»Na ja«, erklärte Victor. »Jede Geschichte hat irgendwie keinen Anfang und kein Ende. Es gibt ja immer ein Davor und ein Danach.«

»Jede Geschichte ist spätestens mit dem Tod ihres Helden zu Ende«, bestimmte eine andere Dame, die in strenges Schwarz gekleidet war und ihr Buch zwischen die Knie geklemmt hatte.

»Das denke ich nicht«, hielt Victor dagegen, der zwar nicht wusste, welches Buch der Auslöser der Diskussion gewesen war und zweifellos der Unbelesenste in der Runde war, nun aber Kampfgeist entwickelte. Denn wenn er eines nicht leiden konnte, dann waren es eindeutige Angelegenheiten. Nichts auf der Welt war doch eindeutig. Die größten Komponisten waren nicht die berühmtesten. Die erfolgreichsten Autoren waren nicht die besten. Die fleißigsten Mitarbeiter wurden nie am besten bezahlt. Und was gut war oder schlecht, das bestimmte am Ende oft der Geschmack oder die Mode – und da hatte jeder eine andere Ansicht.

»Vielleicht ist die Geschichte mit dem Tod der Figur beendet. Für die Figur. Vielleicht auch nicht, denn es kann ja auch ein Leben nach dem Tod geben oder eine Wiedergeburt, wir wissen es nicht. Wir wissen aber, dass jede Geschichte etwas enthält, was an ihrem gedachten Ende weitergeht. Eine Figur, die weiterlebt. Ein Haus, das weiter existiert. Einen Teil der Erzählung, der nicht abgeschlossen ist. Ihre Geschichte ist doch auch nicht zu Ende, wenn Sie nachher aufstehen und nach Hause gehen! Jede von Ihnen erlebt dann etwas anderes. Also ist so ein Schluss einer Geschichte fast eher etwas wie der Anfang vieler neuer Geschichten. Und jede von Ihnen hat etwas anderes erlebt, bevor sie hierhergekommen ist. Nur hier und jetzt sind Ihre Geschichten eine – nachher sind sie wieder viele.«

»Dann nimmt die Geschichte ihren Anfang, wenn die Heldin hier eintritt, und ihr Ende, wenn sie den Laden wieder verlässt«, bestimmte die Frau in Schwarz.

»Das können Sie natürlich so sehen«, gestand der junge Komponist ihr zu. »Ich finde nur, in der Literatur ist das schwieriger als zum Beispiel in der Musik. Wenn ich ein Stück komponiere, dann beginne ich mit dem ersten Takt und ende mit dem letzten. Ich muss alle Motive einführen, bestimme die Tonart zu Beginn, und wenn der letzte Ton verklungen ist, ist das Stück auf jeden Fall zu Ende.«

Die Buchhändlerin stand auf und nickte beifällig. »Was für ein schöner Vergleich«, befand sie. »Aber jetzt möchte *ich* Ihnen widersprechen.«

»Aha?« Victor trat verlegen einen Schritt zurück. Damit hatte er nicht gerechnet.

»Wenn ich ein Musikstück höre, kommt es oft vor, dass der letzte Ton verklungen ist, aber die Musik noch lange in meinem Kopf weiterspielt.«

Sie lächelte, vielleicht weil sie sich freute, ihrerseits einen schönen Gedanken gefunden zu haben, vielleicht auch, weil sie den

Paketboten aufmuntern wollte. Oder weil sie ihn womöglich sympathisch fand?

»Also, ich wollte mich wirklich nicht in Ihre Diskussion einmischen«, stellte Victor klar. »Aber ich finde es gut, dass Sie das tun. Ich meine: über Literatur zu diskutieren. Es gibt immer so viele unterschiedliche Möglichkeiten, eine Geschichte zu lesen und zu betrachten …« Er lächelte zurück. »Und der Hinweis mit der Musik, die weiterspielt, ist ein sehr guter! Mir geht das auch so. Aber ich habe beim Komponieren selbst nie darüber nachgedacht. Bei Verdi war es so, dass die Menschen aus der Oper kamen und seine Arien gesungen oder gepfiffen haben. Bei Puccini auch …«

»Beim Komponieren? Sie komponieren?« Die Buchhändlerin wirkte tatsächlich verblüfft und war plötzlich ganz ernst geworden.

»Nun ja, ich bin eigentlich … also, ich habe Komposition studiert. In Rumänien.«

Es klang wie eine Entschuldigung. Aber die Buchhändlerin stellte nur mit anerkennendem Blick fest: »Sie haben recht, es gibt eine Menge unterschiedlicher Möglichkeiten, eine Geschichte zu betrachten.«

Und in die verlegene Pause hinein fragte er: »Und welches Buch diskutieren Sie gerade?«

»Oh, einen kleinen Roman mit dem Titel *Bezaubert*«, erklärte eine der anwesenden Damen.

»Kenne ich«, sagte Victor und klopfte auf seine Tasche, in der er das Exemplar aus dem Bücherschrank trug. »Ein schöner Roman. Besonders hat mir die Stelle gefallen, in der der Paketbote und die Frau … wie hieß sie doch gleich …«

»Antonia von Krings«, half die Buchhändlerin.

»Ja, richtig. Als sie das Mädchen ins Krankenhaus gefahren haben.«

»Ins Krankenhaus?« Die Frauen des Lesezirkels blickten einander staunend an. »Daran kann ich mich gar nicht erinnern«, sagte eine.

»Geht mir genauso«, eine andere.

»Moment«, entgegnete Victor und blätterte. »Hier.«

Wenige Augenblicke später saßen sie in seinem Wagen und schossen durch die Stadt. Die Zeit mochte knapp sein, doch es lag nun einmal im Wesen von Wundern, dass sie das Unmögliche möglich machten.

Nie zuvor hatte der Paketbote wertvollere Fracht transportiert, nie war er schneller und zugleich vorsichtiger durch das Gewirr von Straßen und Gassen geeilt als an jenem Tag, an dem sich die Elemente verschworen hatten, einen Gruß aus jeder Jahreszeit auf die Erde zu senden. Als sie losfuhren, prasselte heftiger Regen gegen die Scheiben, auf der Großen Allee strahlte die Sonne, dass der Asphalt ein gleißender Spiegel wurde, kaum waren sie abgebogen, wälzten sich Wolken heran, die Schnee und Regen mit sich führten. Wenn nur nicht noch ein Sturm aufkam!

Kurz darauf erkannten sie die Lichter in der Ferne. Noch wenige Minuten, dann würden sie endlich Hilfe finden ...

Victor blickte auf und sah, wie die Frauen in ihren eigenen Ausgaben des Romans blätterten und die Stelle suchten. »Also mir hat der Brief des Mädchens am besten gefallen«, warf die Buchhändlerin ein und schlug ihr Exemplar auf, um vorzulesen.

Liebe Frau Valentin!

Sie müssen sich keine Sorgen um mich machen. Wenn Sie Ihr Fotoalbum suchen, sehen Sie im Küchenschrank nach. Ich konnte es nicht mehr rechtzeitig verstecken. Aber dort liegt es zwischen der Teekanne und den Keksdosen. Übrigens ist Ihre Wohnung wunderschön! Sie haben das gut gemacht mit dem

Fenster. Ich liebe auch den Balkon, selbst wenn ich nie rausgehen konnte.

Falls Sie jemals nach St. Vincent kommen, besuchen Sie mich doch. Ich liege, glaube ich, in Reihe 14. Das ist lustig, denn Sie wohnen ja auch in der Hausnummer 14. Ich werde es bestimmt spüren, wenn Sie da sind. Vielleicht erzählen Sie mir ja eine Geschichte! Oder Sie bringen eines von Ihren Fotoalben mit und lesen mir daraus vor.

An der Stelle versagte der Buchhändlerin die Stimme und sie musste schlucken. Als Victor kurz zur Seite blickte, sah er, wie sich eine der anwesenden Damen nach der anderen unauffällig schnäuzte oder mit einem Taschentuch die Augen tupfte. Und obwohl er sich an diese Stelle des Buchs in dem Moment gar nicht erinnern konnte, musste auch er kurz schlucken. Und ganz kurz mal die Nase hochziehen. Natürlich ohne dass der *Club der Bücherfeen* es mitbekam.

An diesem Abend sperrte die Buchhändlerin ihren Laden erst spät zu. Und erschrak, als Victor sich von der Mauer abstieß. »Sie sind noch da?«

»Ich wollte Sie noch etwas fragen. Aber Sie waren beschäftigt.«

»Ja, die Bücherfeen …«, lachte die Buchhändlerin und Victor stimmte mit ein, obwohl er eher darüber lachte, dass sie von Feen gesprochen hatte. Denn es waren ja durchaus resolute Damen darunter gewesen.

»Schießen Sie los!«

»Es ist etwas kompliziert. Aber es geht um Bücher.«

»Das klingt doch schon mal vielversprechend«, befand die Buchhändlerin. »Und lassen Sie mich raten, die Geschichte hat keinen Anfang und kein Ende.«

»Also zumindest ein Ende hat sie noch nicht«, erklärte der Paketbote. »Einen Anfang vielleicht schon.« Nämlich den Tag, an dem er Leon kennengelernt hatte (obwohl diesem

Kennenlernen natürlich die Bekanntschaft mit Freitag vorausgegangen war, ohne die es vermutlich kein Kennenlernen mit Leon gegeben hätte). Also erzählte Victor in wenigen Zügen von dem Jungen, der ihm zugelaufen war, nachdem ihm ein Hund zugelaufen war, von den Büchern, von den Gesprächen mit Leon über das Lesen (ha! Es gab ja doch einen Männer-Lesezirkel, auch wenn er mit einem Achtjährigen und einem rumänischen Komponisten ziemlich seltsam und leider auch etwas spärlich besetzt war), von den vielen Büchern, die er täglich auslieferte und gelegentlich auch zurücknahm (an der Stelle konnte die Buchhändlerin ein Seufzen nicht unterdrücken, schließlich war sie eine der Leidtragenden der Bestellsucht auf dem Buchmarkt) – und von Leons Plan, einen Bücherbus aus dem Lieferwagen zu machen.

»Aber das ist doch ganz wundervoll!«, rief die Buchhändlerin. »Ich sehe es richtig vor mir! Plötzlich steht ein Wagen voller Bücher vor dem Haus und alle Welt kann Bücher spenden oder Bücher leihen …«

Ans Bücherspenden hatte Victor noch gar nicht gedacht. Für einen Moment schweiften seine Gedanken ab, dann aber erklärte er: »Mein Chef findet es leider nicht wundervoll!«

Die Buchhändlerin schwieg. Dann sagte sie: »Das kann ich verstehen. Er ist schließlich kein Buchhändler.«

»Leider.«

»Und was machen Sie jetzt?«

»Ehrlich gesagt, das wollte ich Sie fragen. Ich dachte, Sie hätten vielleicht einen guten Rat für mich.«

»Na ja, meine Ratschläge haben sich bisher ja wohl noch nicht als die ganz großen Treffer erwiesen, was?«, lachte die Buchhändlerin. Doch dann kam ihr offenbar etwas in den Sinn, denn sie unterbrach sich selbst und blieb für einen Augenblick mit offenem Munde stehen. »Sagen Sie mal«, fragte sie schließlich, beinahe ein wenig atemlos. »Was machen Sie eigentlich nach Dienstschluss? Ich meine, wenn Sie nicht gerade in den Buchladen gehen? Ich hätte da nämlich eine Idee.«

Er hätte gerne etwas Lobendes gesagt. Nur fand er leider keine passenden Worte. Die Idee mochte ja nett sein, charmant, liebenswert sogar. Aber so wie die Dinge lagen, waren die Chancen gleich null, aus diesem Wunsch Wirklichkeit werden zu lassen. Und *lagen* war in dem Fall durchaus wörtlich zu verstehen. Denn es war nun einmal typisch für Wracks, dass sie lagen. Auch dieses lag buchstäblich vor ihnen. Da nützte es auch nichts, dass die Buchhändlerin es sorgsam mit einer Plane abgedeckt hatte. Dass Victor nicht wusste und auch nicht erkennen konnte, welche Marke der Wagen überhaupt hatte, sprach schon Bände. Vielleicht hätte man das Gefährt in einem Museum ausstellen können – einem Unterwassermuseum allerdings. Um Haifische durchschwimmen und Oktopusse sich daran entlanghangeln zu lassen. Aber im Straßenverkehr durfte man dieses Vehikel auf gar keinen Fall mehr zum Einsatz bringen, das wäre ein Anschlag auf die Zivilisation gewesen.

»Ja, also, ähm …«

»Sagen Sie nichts«, erklärte die Buchhändlerin seufzend. »Ich sehe es selbst.« Verzagt ließ sie die Plane wieder sinken. »Wahrscheinlich ist es nicht mal mehr zugelassen.«

Was für ein rettender Gedanke! »Ja, richtig«, stimmte Victor rasch zu. »Ohne Zulassung geht da natürlich nichts, tut mir schrecklich leid.«

»Es wäre halt schön gewesen.«

Ja, das wäre es in der Tat gewesen. Ein eigener kleiner Bücherbus in Form eines Kastenwagens, den man hübsch aufgemöbelt hätte, bunt bemalt, mit einer kleinen, ausklappbaren Markise hinten und einem Tischchen und zwei Stühlen, die man hätte aufstellen können, während man die Kunden stöbern lässt … Man hätte gleichzeitig auch Bücher aus der Buchhandlung ausliefern können, sodass für alle ein Nutzen damit verbunden wäre!

»Es war wirklich eine schöne Idee«, erklärte Victor und blickte die Buchhändlerin lange an. Es tat ihm in der Seele weh, dass er sie enttäuscht hatte. Hilfsbereit hatte sie sein wollen! Ihren Wagen hätte sie ihm und Leon zur Verfügung gestellt! Nun gut, ihren Veryoldtimer. Aber es half nichts. Manchmal muss es beim guten Willen bleiben.

»Trotzdem: vielen Dank! Ich werde meinem Freund davon erzählen, der die Idee mit dem Bücherbus hatte.«

»Erzählen Sie ihm lieber nichts davon«, widersprach die Buchhändlerin. »Manchmal macht man eine Sache nur größer dadurch.«

»Das stimmt natürlich«, gab Victor zu.
»Vielleicht später einmal.«

»Ja, vielleicht später mal.«

10

Seit zwei Tagen stand das Päckchen vor
Bianca Martinis Tür, genaugenommen seit
gestern Morgen, es war also vermutlich vor-
gestern im Laufe des Tages gekommen. Von
ihrem Fenster aus hatte Claire Wagner gesehen, dass im Badezimmer von Frau Martini
Licht brannte. Die alte Dame musste also zu
Hause sein, oder? Weshalb nahm sie dann
nicht das Päckchen nach drinnen? Irgendwie
hatte Claire Wagner ein ungutes Gefühl, als
sie an jenem Abend an der Tür ihrer Nachbarin vorbeikam. Einem Impuls folgend,
klopfte sie zunächst zaghaft. Dann klingelte
sie und erschrak selbst, wie schrill die Türglocke klang.

Nichts. In der Wohnung war es still. Offenbar war die alte Dame doch nicht da. Zur Sicherheit läutete die Nachbarin noch einmal und lauschte. Sie hatte sich schon abgewandt, als sie meinte, doch ein Geräusch von drinnen zu hören. Aber scheinbar hatte sie sich getäuscht, denn jetzt war es wieder ruhig in der Wohnung. Vermutlich die ganze Zeit gewesen.

Da! Wieder ein Geräusch! Ein Poltern? Ein Krachen?

Ein Stöhnen.

Dann: Stille.

»Hör mal«, sagte Victor zu seinem jungen Freund, als sie wieder zu dritt unterwegs waren und die Uhr auf seinem Armaturenbrett noch nicht einmal elf zeigte, »das geht so nicht.« Von Leon kam allerdings keine Rückfrage. »Du musst in die Schule gehen.«

»Ich bin mit dir unterwegs. Wir haben

einen Bücherbus«, erklärte Leon. »Das ist wichtiger.«

»Ist es nicht, Leon. Ich finde es ja toll, dass du Bücher so gerne magst. Aber man muss auch in die Schule gehen. Was würde denn deine Mutter sagen, wenn sie wüsste, dass du hier mit mir durch die Gegend fährst, statt den Unterricht zu besuchen? Sie weiß es doch nicht etwa?«

Leon zuckte die Achseln. »Die hat andere Sorgen.«

»Glaube ich nicht«, erklärte Victor überzeugt. »Die Kinder sind immer am wichtigsten.«

Eine Weile schwieg der Junge, als müsste er über die Behauptung des Paketboten nachdenken. »Manchmal sind andere Dinge wichtiger«, sagte er schließlich.

»Meinst du?«

Leon schwieg.

»Welche denn zum Beispiel?«

»Wenn man krank ist …« Der Junge kaute

auf der Lippe, blickte starr aus dem Fenster und schien entschlossen, es dabei zu belassen.

Schweigend fuhren sie zur nächsten Station, wo ihnen Frau Zeller eine Kiste Bücher übergab. »Ich habe gesehen, dass Sie jetzt ein Bücherbus geworden sind!«, rief sie. »Da dachte ich, Sie könnten vielleicht unsere alten Kinderbücher brauchen. Meine beiden Mädchen sind ja schon längst ausgezogen. Aber wegwerfen wollte ich die Bücher nicht.«

»Das ist eine großartige Idee«, bestätigte Victor und nahm den Karton entgegen, aus dem ihn der hellblond beschopfte Michel aus Lönneberga anlachte und an seine eigene Kindheit erinnerte. »Eine meiner Lieblingsgeschichten!«

Die Vögel kreischten. Dann schwiegen sie. Fast ganz dunkel war es in der Wohnung.

Nur noch ein klein wenig Licht drang von den Straßenlaternen herein. Jemand weinte. Die Stimme kam ihr bekannt vor. Aber sie konnte sich nicht erinnern … Die Türglocke läutete, nein, sie schrillte. Türglocken läuten schon lange nicht mehr. Kein Dingdong mehr, wie man es früher gekannt hatte, nur noch ein Rrrrrrring! Bestenfalls. Rrrrrring! Oft ja nur noch ein Ääääääääp. Und noch einmal. Ächzend setzte sich Bianca Martini auf ihrem Sofa auf. Einmal mehr schrillte die Klingel, ja, das traf es. Sie schrillte.

»Ich komme«, sagte die alte Dame matt. Ob man sie draußen gehört hatte? Eher nicht. Ächzend erhob sie sich und ächzend tat sie ein paar Schritte. Die Wohnung drehte sich. Erst langsam, aber gruselig. Dann schneller. Staunend blieb Bianca Martini stehen und betrachtete dieses wirre Karussell, das sie umtanzte. »Moment«, murmelte sie und versuchte, irgendwo Halt zu finden. Fand sie aber nicht. Gerade noch, dass sie den Griff der Wohnzimmertür erreichte. Aber dann …

»Wenn man Glück angeln könnte, würden bestimmt mehr Leute am Ufer sitzen«, murmelte Leon.

»Hm?«

»Sagt Fräulein Luise.«

Victor versuchte gerade, sich einen Weg durch das Dickicht der parkenden Geländewagen zu bahnen, während neben ihnen der Verkehr auf der Hortensienstraße vorbeibrauste. Hortensienstraße, das klang beschaulich. In Wirklichkeit war es eine Art Testgelände für potenzielle Selbstmörder und zukünftige Formel-1-Piloten, was natürlich irgendwie aufs Gleiche hinauslief.

»Wer ist Fräulein Luise?«

»Die Frau, die entführt wird.«

Victor grinste. »Du sprichst von einem Buch.«

»Mhm. Das lese ich nämlich gerade.«

»Ist es gut?«

»Sehr gut! Vor allem kommt ein Hund drin vor. Moses.«

»Okay«, sagte Victor und zwängte sich zwischen zwei schwarze Blechmonster. »Welche Rasse?«

»Die gleiche wie Freitag.«

»Also von allem ein bisschen.«

»Genau.«

Sie lachten. Freitag lachte mit, auch wenn es mehr nach Jaulen klang. Aber dann wurde Leon plötzlich ernst.

»Was ist?«, fragte Victor.

»Ich weiß noch nicht, wie die Geschichte ausgeht.«

»Bestimmt gut«, befand der Paketbote. »Kinderbücher gehen immer gut aus.«

»Nicht immer«, widersprach sein junger Freund.

»Sollten sie aber.«

»Finde ich auch. Eigentlich. Aber die wahren Geschichten gehen ja auch nicht immer gut aus.«

»Was passiert denn in deiner Geschichte?«

»Fräulein Luise kommt ins Krankenhaus.«

Der Ton, in dem Leon es sagte, ließ Victor aufhorchen.

Plötzlich wusste er, warum der Junge sich nicht um die Schule scherte und es scheinbar niemanden gab, der sich darum kümmerte, dass er auch hinging. »Wie deine Mutter?«, fragte er.

Leon blickte erstaunt auf. »Ja«, antwortete er zögerlich.

»Was fehlt ihr denn?«

»Fräulein Luise?«

Victor legte den Kopf schief.

»Meiner Mutter?«, murmelte Leon. »Sie hat Krebs.«

»Verstehe.« Das kannte man. Krebs. Da dachte jeder gleich an den Tod. »Tut mir leid.«

»Hm.«

»Sie hat dir immer vorgelesen, stimmt's?«

»Schon ... ja.«

»Dann finde ich, unser Bücherbus sollte mal eine andere Route fahren. Zumindest nach Feierabend.«

Minuten später stand Claire Wagner mit dem Hausmeister vor der Tür. »Und Sie sind sicher, dass Sie etwas gehört haben?«, fragte der Mann, der es nicht versäumt hatte, noch rasch seinen hausmeisterblauen Kittel überzuziehen, schließlich war man eine Respektsperson und ja geradezu in einem Auftrag öffentlichen Interesses unterwegs. So zumindest hatte die Frau aus dem fünften Stock die ganze Sache dargestellt. Aber als er nun mit besagter Frau Wagner vor der Tür einer ganz anderen Mieterin stand, war ihm die Angelegenheit gleichwohl nicht ganz geheuer.

»Ihnen ist klar, dass wir hier gerade Hausfriedensbruch begehen?«

»Einbruch.«

»Wie bitte?«

»Einbruch«, erklärte Claire Wagner. »Wäre es jedenfalls. Wenn wir nicht in einer Rettungsaktion unterwegs wären.«

»Aha ... Hm.« Überzeugt war der Hausmeister nicht. Aber als derjenige in die Geschichte der Siebzehn einzugehen, der es versäumt hatte, im nötigen Moment einer alten Dame beizuspringen, das wollte er dann auch vermeiden. »Wir könnten die Polizei rufen«, schlug er vor, während er noch einmal klopfte (obwohl er bereits viermal geklopft hatte).

»Könnten wir. Aber wenn hier wirklich ein Notfall vorliegt ...«

»Wenn, Frau Wagner! Wenn!«

»Wenn nicht, nehme ich die Verantwortung ganz auf mich.«

»Hm«, machte der Hausmeister erneut und setzte dann den Schraubenzieher an, ein grobes und großes Ding, das offenbar geschaffen worden war, um auch mal einen Einbruch begehen zu können. So wie jetzt.

»Auf Ihre Verantwortung«, stellte der Hausmeister noch einmal klar. Dann hebelte er die Tür auf, dass Claire Wagner nur so staunte. Ein Einbruch innerhalb von zwei Sekunden? Konnte es wirklich sein, dass das so einfach ging? In Filmen oder Romanen wurde sowas immer akribisch vorbereitet und dann in langwieriger Perfektion durchgeführt. Aber gut, im wirklichen Leben ging es ja auch nicht darum, Spannung aufzubauen, sondern die Sache zu erledigen. Und zwar so schnell wie möglich.

»Frau Martini?«, rief die Nachbarin durch die geöffnete Tür. »Frau Martini?«

Ein mattes Seufzen drang aus dem Wohnzimmer.

Sekunden später waren die beiden dort.

Ein wenig erschrocken war Victor schon, als er die junge Frau erblickte, die aber irgendwie schon wie eine alte Frau aussah. Sie war so zierlich, dass sie wie eine Elfe wirkte, wie sie da in ihrem Morgenmantel vor dem Fenster stand und ihren Sohn umarmte. »Wir dachten, unser Bücherbus könnte mal einen Abstecher zu dir machen!«, erklärte Leon strahlend. Er schien gar nicht zu bemerken, wie zerbrechlich seine Mutter war. Oder er verstand es großartig, sich nichts anmerken zu lassen.

»Euer Bücherbus? Das musst du mir erklären.«

Es war nicht ganz einfach gewesen, zu der Patientin vorzudringen, denn die Stationsschwester befand, dass es für Besuche zu spät am Tag wäre. Also waren die beiden mit hängenden Schultern wieder umgekehrt. Zumindest so lange, bis die Schwester durch eine aufleuchtende Lampe in eines der nebenliegenden Zimmer gerufen wurde und vom

Flur verschwand. Das taten sie dann ebenfalls. Allerdings in der ursprünglich beabsichtigten Richtung. Und sie schreckten auch nur eine andere Patientin auf, als sie statt Zimmer sieben zunächst versehentlich Zimmer neun betraten.

Und nun waren sie bei Leons Mutter, die Victor einen so dankbaren Blick zuwarf, dass ihm ganz seltsam zumute wurde. Sie hatte sich offensichtlich sehr nach ihrem Kind gesehnt. Aber da die Klinik am anderen Ende der Stadt gelegen war, hatte der Junge keine Möglichkeit gehabt, alleine dorthin zu kommen. »Weiß Tante Monika, dass du hier bist?«, hatte Leons Mutter gefragt.

Tante Monika wusste es nicht. Wie auch, sie war seit Tagen nicht bei Leon aufgetaucht, obwohl sie versprochen hatte, sich um ihn zu kümmern, solange die Mutter im Krankenhaus war. Aber niemand hatte ja auch wissen können, dass es so lange dauern würde. Und wenn Victor sie so betrachtete, war er sich nicht sicher, ob sich das schnell ändern würde. Er musste an Leons Worte denken: *Die wahren Geschichten gehen ja auch nicht immer gut aus.*

Eigentlich hatte er sich diskret zurückziehen wollen. Aber er fürchtete den Stationsdrachen. Wenn die Schwester ihn vor der Tür erwischte, wäre das Treffen zwischen Mutter und Sohn schnell zu Ende. Also setzte er sich auf einen Stuhl bei der Tür und versuchte, nicht zu lauschen. Was nicht gut ging, denn wenig später saß Leon am Bett, auf das sich die erschöpfte Frau wieder gelegt hatte, und las:

Seit meinem vierzehnten Lebensjahr bin ich auf allen Weltmeeren herumgekreuzt. Der Seemannsberuf liegt in unserer Familie. Mein Großvater war Kapitän, mein Vater war Kapitän und so Gott will wird auch mein Enkelsohn Daworin, der nach mir benannt ist, einmal Kapitän werden. Ich habe viele Küsten und

die größten Hafenstädte der Welt betreten. Ich
kenne Marseille, Schanghai und Singapur. Ich
ging vor Anker in New York, Bordeaux, Kairo
und Konstantinopel. Ich habe mit Eskimos See-
hundstran gelöffelt und mit Rothäuten Bären
gejagt. In Indien wurde ich von einem Tiger
verwundet und in Afrika von einem Elefanten.
Aber das Merkwürdigste, was mir in der Geo-
grafie untergekommen ist, waren die Glück-
lichen Inseln hinter dem Winde.

Victor musste lächeln. Irgendwie war er selbst
ein Kapitän. Einer, der täglich vielfach vor
Anker ging, um dann weiterzusegeln. Zum
nächsten Ort und wieder zum nächsten.
Manchmal lohnte es sich kaum, den Anker
zu lichten. Dann wieder fand er kaum Zeit,
die Ladung zu löschen … Nun ja, genau genommen war er nicht nur Kapitän, sondern auch noch Steuermann und einfacher
Matrose und Hafenarbeiter in einem. Nur
der Schiffsjunge, der war jetzt Leon gewor-

den. Und so musste Victor nicht mehr alleine durch den Ozean der Großstadt kreuzen.

Sie konnten nicht jeden Tag in die Klinik fahren. Erstens war es oft einfach zu spät, um sich noch hineinzuschleichen, zweitens musste Leon ab und zu auch mal Hausaufgaben machen. Manchmal machte er sie bei Victor zu Hause, wo Freitag auf seinen Füßen lag, während er am Esstisch saß und über Mathe brütete oder einen Aufsatz schrieb, den er dann seinem Freund, dem literarischen Paketboten, vorlas.

Einmal hinterlegte Victor noch ein Buch bei Bianca Martini, einen kleinen, eleganten Band mit dem schönen Titel *Eine Dame von Welt*, an dem ihm die Verpackung beinahe noch besser gefiel als der Inhalt, so hübsch war er gestaltet. Erst mit einigem Nachdenken war Victor dahintergekommen, dass die Geschichte einer Frau von zweifelhafter Vergangenheit, die sich nichts sehnlicher wünscht als einen Platz in der feinen Gesellschaft, keineswegs aus der Zeit gefallen war: Immer noch war es doch so, dass es den Menschen wichtig war, was andere über sie dachten, dass sie sich nach Anerkennung sehnten, ja danach süchtig waren. Daher all das Posten und Twittern, die virtuellen Doppelgängerinnen und Doppelgänger, die in den sozialen Medien auftraten, als wären sie Popstars oder wenigstens Supermodels und als wären ihre Leben die reinsten Vergnügungsparks. Was sie nicht waren. Victor konnte ganze Opern darüber singen: Die meisten Menschen lebten ziemlich einfache Leben – und es war nichts Schlechtes daran.

Dieses Büchlein also hatte er hinterlegt, als er einmal mehr eine Sendung von *buecherheld.de* bei Bianca Martini abliefern durfte. Vor der Tür war ihm kurz, als läge ein Hauch von Kaffeeduft in der Luft. Aber dann hatte sein Handy geklingelt, Zumteufel hatte ihm mehrere Beschwerden von Kunden durchgegeben, die seit Minuten hätten beliefert sein sollen (denn es war bereits nach neun Uhr morgens und die Lieferungen hatten *vor* neun Uhr zu erfolgen), und dann war der Zauber des Augenblicks verflogen, und Victor hastete den Rest des Tages seiner Wege, um nicht noch mehr Reklamationen wegen unpünktlicher Auslieferungen zu riskieren.

Gelegentlich, wenn es an einer Station besonders viele Pakete auszuliefern gab, nahm Leon die Leine (die Victor inzwischen besorgt hatte, weil das Paketband auf Dauer doch sehr armselig aussah) und spazierte mit Freitag zum nächsten oder übernächsten Stopp. Dort stiegen die beiden dann wieder ein, Leon packte sein Buch wieder aus (im Moment las er *Die Abenteuer des Tom Sawyer* und erkannte sich im Helden so, wie jeder Junge sich in ihm erkennt).

Der Bücherbus war innerhalb weniger Tage mehr geworden als ein Geheimtipp. Alle möglichen Leserinnen und Leser fanden es reizvoll, sich mit dem literarischen Paketboten und seinem schlauen kleinen Freund auszutauschen, ihm ihre Lektüreerlebnisse zu schildern, auch mal den Hund zu kraulen oder einfach nur in den Büchern hinten im Wagen zu stöbern und auch welche zu spenden. Fast ein wenig zu viele Bücher waren es binnen weniger Tage geworden: Der Platz im Wagen wurde knapp, zumal die Leute sich scheinbar entschlossen hatten, täglich den Bestellungsrekord zu brechen. Den Retourenrekord übrigens leider auch.

Ab und zu fuhr auch mal jemand mit. Aus dem Nachbarhaus von Bianca Martini zum Beispiel ein nettes Mädchen namens Mina, das ein unglaubliches Talent hatte, ohne Punkt und Komma zu erzählen und dabei in den verschlungensten Arabesken die fantastischsten Geschichten zu erfinden. So entzückend, wie sie dabei aussah, ertappte sich Victor mehrmals dabei, dass er sich die schöne Unbekannte als Kind genauso vorstellte wie das Mädchen von der Neunzehn.

Und immer wieder entführten sie den Paketwagen nach der letzten Lieferung hinüber ans andere Ende der Stadt und brachten Leons Mama ein neues Buch, die aufregendsten Erzählungen des Tages und den Sonnenschein, den nur ein geliebtes Kind ins Herz eines Menschen tragen kann.

II

Neun Buchbestellungen hatte Bianca Martini seit jenem denkwürdigen Tag aufgegeben, an dem er das Paket mit der Schleife vor ihre Tür gelegt hatte. Zumindest hatte er neun Sendungen bei ihr hinterlegt (eigentlich zehn: einmal war's ein Päckchen von *caffissimo.com* gewesen, dessen intensiver Duft Freitag ganz nervös gemacht hatte). Aber man wusste natürlich nicht, welche anderen Lieferdienste sonst noch mit der Zustellung beauftragt gewesen waren.

Sie las viel. Sie las dicke Bücher, das hatte er schon vorher gewusst. Einmal war das Päckchen beschädigt gewesen, und Victor hatte festgestellt, dass sie einen heiteren Sommerroman bestellt hatte. Sie las also nicht nur hohe Literatur (falls sie es überhaupt tat), sondern auch Unterhaltung. Wogegen Victor nicht das Geringste einzuwenden hatte. Im Grunde, fand er, sollte Literatur doch immer unterhalten.

Als er wieder etwas für die Siebzehn im Wagen hatte, war es für Odonkors im fünften Stock. Mode. Und zwar ein größeres Paket. Da war schon klar, dass er morgen oder übermorgen von Frau Odonkor ein Retourenpäckchen in die Hand gedrückt bekommen würde. Im Vorbeigehen warf er einen Blick auf Bianca Martinis Tür. Ob sie wohl zu Hause war? Irgendwie hatte er das Gefühl, dass sie in letzter Zeit immer mal wieder da war. Anders als sonst. Allerdings hatte auf sein Klingeln niemand geöffnet. Auch niemand anderes als Bianca Martini, wie ihm immer mal wieder durch den Kopf ging. Ja, er war sich sicher, die Frau war Single. Ob sie wohl schon einen Blick in *Eine Dame von Welt* geworfen hatte? Das

Buch hatte er nicht zuletzt des Titels wegen ausgewählt. Ob sie überhaupt mal etwas von den Sachen gelesen hatte, die er ihr hinterlegt hatte? Einem spontanen Impuls folgend, zog er das Buch aus der Tasche, das er gerade las: *Die souveräne Leserin*, und legte es ihr vor die Tür. Er riss eine seiner »Sendungsbenachrichtigungen« vom Block, wollte schon darauf schreiben, zögerte, schlug dann das Buch auf und schrieb hinein:

Für Bianca Martini!
Eine elegante Erzählung mit Witz
und einigen Überraschungen.
Viel Freude damit!
Ihr Victor

Schon am nächsten Tag stand er wieder vor der Tür. *Die souveräne Leserin* war weg. Diesmal hatte Victor keine eigene Leseempfehlung für Bianca Martini bei sich. Er hatte schlicht nicht damit gerechnet, dass die schöne Unbekannte so schnell eine neue Sendung bekommen würde, zumal das letzte Buchpaket ziemlich schwer gewesen war. Und von ihm hatte sie schließlich auch noch Lektüre bekommen … Auch diesmal natürlich: ein Buch. Vielleicht auch zwei, denn es war erneut ein ziemlich schweres und dickes Päckchen. Entsprechend lief er etwas verdrießlich die Treppen zum vierten Stock hinauf und scannte schon unterwegs den Code, um Zeit zu sparen.

Rasch stellte er die Sendung in die Nische der Tür und hatte sich schon wieder abgewandt, als er aus dem Augenwinkel wahrnahm, dass auf der anderen Seite des Türstocks etwas lag: ein Buch. Wenn man den ganzen Tag durch die Stadt hetzt und treppauf, treppab läuft, hat man stets einen Puls, der deutlich über dem empfohlenen Durchschnitt liegt. In dem Moment aber hatte Victor das Gefühl, als setze sein Puls aus – ehe er umso schneller wieder zu pochen begann.

Ein Buch!

Mit einem kleinen gelben Zettel, der darauf klebte.

Lieber Paketbote (Victor)!
Vielen Dank für Ihre Leseempfehlungen.
Sie bekommen »Bezaubert« nicht zurück,
denn es hat mich bezaubert.
Aber ich revanchiere mich mit diesem Roman,
der zeigt, was Literatur alles kann.
Viel Vergnügen damit!
Herzliche Grüße
Ihre Bianca M.

Ihre Bianca M. *Meine*, fiel Victor auf. Fast hätte er gelacht. Sie kannten sich ja gar nicht. Also: Zumindest kannte sie ihn nicht. Er hatte sich lang genug seine Gedanken über ihre Bestellungen gemacht, um zumindest ein bisschen was von ihr zu wissen. Dass sie Bücher liebte. Dass sie arbeitete, sogar am Samstag (sonst wäre sie tagsüber mal zu

Hause gewesen). Dass sie sonst nicht viel bestellte und also wohl nicht zu den konsumversessenen Menschen gehörte. Dass sie schöne Unterwäsche mochte. Alles Dinge, die Victor auch mochte. Sonst natürlich wusste er nicht viel. Aber jetzt waren sie immerhin zum ersten Mal in einen Austausch getreten! Sie hatte Kenntnis von ihm genommen, war sich bewusst geworden, dass es ihn überhaupt gab. Nicht als Paketbote, sondern als Individuum. Und sie hatte seinen Namen geschrieben: »Victor«.

Er stolperte nur zweimal auf dem Weg nach unten und wäre nur einmal beinahe vor ein vorbeifahrendes Auto gelaufen. So sehr hatte ihn dieser Zettel berührt, der übrigens in einer überaus feinen, fast ein wenig altmodischen Schrift geschrieben war, dass er das Buch, auf dem er klebte, erst bewusst wahrnahm, als er schon wieder neben Freitag im Wagen saß. *Wenn ein Reisender in einer Winternacht.* Ein vielversprechender

Titel. Victor war selbst in einer Winternacht aus seiner Heimat aufgebrochen und lange durch die Dunkelheit gefahren. Er erinnerte sich gut, dass er nicht hatte einschlafen können und erst gegen Morgen in einen leichten, unruhigen Schlaf gefallen war, aus dem ihn die Ankunft schon wenig später gerissen hatte. Ein zugiger Busbahnhof in den Morgenstunden, geschlossene Läden bei hungrigem Magen und eine Sprache, die ihm zwar wohlbekannt war, aber dennoch fremd und abweisend klang, wenn man ihr so ganz allein begegnete, ohne zu wissen, welche Schritte das Leben als Nächstes für einen vorgesehen hatte.

An diesem Tag konnte Victor es kaum erwarten, endlich nach Hause zu kommen (denn im »Bücherbus« herrschte so viel Betrieb, dass er gar nicht dazu kam, einen Blick in das Buch zu werfen; ständig wartete jemand, stieg zu, stieg aus, plauderte mit Leon oder nötigte Victor, zu plaudern …). Aber endlich war der Wagen im Depot (das Schild mit Leons kunstvoller Werbung hatte er vorher abgenommen), Freitag hatte seine wichtigsten Dinge verrichtet und der Feierabend konnte beginnen. Voller Vorfreude und Neugier setzte sich der Komponist aus dem fernen Reich der Karpaten ans Fenster, genoss die kühle Abendluft, die hereinströmte, kraulte mit der einen Hand das Fell seines ziemlich zottigen Freundes und hielt in der anderen das Buch, in dem vorne der Zettel von Bianca Martini lag.

Es war ein seltsamer Roman. Eigentlich einer, der von einem ganz anderen Roman erzählte, nein: von vielen Romanen! Der Erzähler erlaubte es sich, die Leser direkt anzusprechen und einzubeziehen, er trug seine Meinungen und Überlegungen vor sich her und amüsierte sich darin, den Leser in eine

Geschichte hineinzuziehen, um ihn unvermittelt wieder herauszureißen, mit ihm über
das Leben, das Lesen und allerlei Absonder-
lichkeiten zu philosophieren, ehe er ihn in
eine völlig neue Geschichte stieß, und zwar
buchstäblich.

*Du stehst vor der Universität. Ludmilla hat euch
bei Professor Uzzi-Tuzzi angemeldet, ihr wollt
ihn in seinem Institut besuchen.*

Und später:

*Die Wohnung einer alleinstehenden jungen Frau.
Hier also wohnt Ludmilla: sie lebt allein. War's
das, was du als erstes feststellen wolltest? Ob es
hier Anzeichen für die Gegenwart eines Mannes
gibt? ... Die Möbel, die Dekorationselemente,
die Sofadecke, der Plattenspieler sind ausgewählt
aus einer begrenzten Anzahl vorgegebener Möglichkeiten. Was können sie dir schon groß darüber
verraten, wie Ludmilla in Wahrheit ist?*

Warum hatte sich Bianca Martini ausgerechnet für dieses Buch entschieden? Warum hatte sie ihm nicht den *Jahrmarkt der Eitelkeiten* vor die Tür gestellt? Warum nicht *Das Buch der Illusionen*? Oder *Der Mann ohne Eigenschaften*? Weil sie wusste, dass er sich genau diese Art von Gedanken machte? Dass auch er sich schon überlegt hatte, dass es keinen Mann im Haushalt Martini gab, denn weder bestellte jemals ein männlicher Bewohner unter dieser Adresse etwas, noch waren unter den Bestellungen der Bianca Martini eindeutig für Männer bestimmte Dinge (etwas wie Grillausstattung, Rasierapparate oder Modellbauzubehör).

Möglich also, dass die schöne Unbekannte dem neugierigen Paketboten mit der Auswahl dieses Romans eine versteckte Botschaft hatte zukommen lassen wollen, einen Wink geben, der ihm ein klein wenig mehr über sie sagte, als er bisher wissen oder auch nur ahnen konnte. Andererseits: Das Buch erzählte so viele verschiedene Geschichten, dass man darin auch den Versuch völliger Verwirrung hätte sehen können. Mochte Bianca Martini also Kriminalromane? Oder Liebesgeschichten? Reizte sie Erotisches (denn auch ein Kapitel mit einer durchaus gewagten galanten Erzählung, die in Japan spielte, kam vor)? Oder gar Science Fiction (von den Höhlenmenschen bis zu den UFOs spannte sich die Geschichte, und zwar buchstäblich)? Wie sollte man etwas über die Vorlieben einer Leserin erfahren, wenn sie geradezu alles auf einmal präsentierte und damit letztlich – nichts?

Es sei denn natürlich ... Victor legte das Buch beiseite und las noch einmal die kurze Botschaft, die sie ihm geschickt hatte: *was Literatur alles kann*, hatte sie geschrieben. Ja, das erfuhr man in diesem ungewöhnlichen Roman durchaus! Literatur konnte amüsieren und unterhalten, herausfordern, aufregen, sogar erregen ... Alles das und noch viel mehr konnten Bücher. Weil sie die Welt abbildeten und sogar Dinge darzustellen vermochten, die man in seinem eigenen kleinen Dasein niemals erleben würde, ja die einem womöglich nicht einmal widerfahren *konnten*. Wieder musste Victor an *Bezaubert* denken, das Buch, das er seinerseits dieser geheimnisvollen Leserin überlassen hatte. Der *Club der Bücherfeen* kam ihm in den Sinn, den er in der Buchhandlung bei der Lektüre des besagten Romans angetroffen hatte. Seltsam war das gewesen: Er hatte aus dem Buch zitiert und niemand hatte sich an die Szene erinnern können, die ihm so zu Herzen gegangen war. Und umgekehrt! Dieser Brief, den die anderen gelesen zu haben schienen. Wo stand er nur in dem Buch?

Er suchte *Bezaubert* heraus und blätterte, fand aber die betreffende Stelle nicht. Stattdessen las er sich fest an einem Kapitel, in dem der hinreißende Paketbote zum Helden wurde:

Es war an einem 13., einem Freitag, an dem der Paketbote unvermittelt vor einer leeren Parkbucht stand ...

Lassen wir den jungen Mann seine Lektüren fortsetzen und wenden wir uns für einen Moment einer Nebenfigur zu, die es verdient, zumindest für ein kurzes Kapitel auch zur Hauptfigur zu werden: dem etwas in die Jahre gekommenen Herrn, der sich darauf verstand, anderen zu allerlei Erkenntnissen zu verhelfen, indem er einfach nur zuhörte und ihnen ihren Willen ließ – Freitag. Ehe er sich entschlossen hatte, einem Wink des Schicksals folgend, den jungen Mann, der ihm beinahe den Schwanz plattgefahren hätte, zu seinem Menschen zu küren, war er von weniger feinsinnigen und liebenswürdigen Vertretern dieser generell sehr egozentrischen Spezies Hasso genannt worden (was nicht nur in seinen Ohren unangenehm klang und übrigens auch seinem Naturell völlig widersprach). Aus der Linie eines Harold III. abstammend, wenn auch mit Anteilen von Lissy und Einsprengseln von Wilbur und Jeff (eigentlich: Wilbur *oder* Jeff, so genau wusste das niemand und brauchte es auch nicht zu wissen), hatte Freitag das Pech gehabt, in eine Familie notorischer Hundehasser zu geraten, die sich freilich nach außen hin überaus canophil gaben und sich gerne bedauern ließen, als ihnen der vierbeinige Hausgeselle rein zufällig vor dem Urlaub abhandengekommen war (nicht weit von der Heinestraße entfernt, wo ihm wenig später der Paketwagen auflauerte). Über die näheren Umstände seiner Verdreibeinung konnte durch diesen unglückseligen Verlust nichts mehr bekannt werden (unter uns: Es war ein übergewichtiger Homo *sapiens* gewesen, der nicht nur über den schlafenden Hund gestürzt war, sondern zu allem Überfluss auch noch *auf* ihn). Wie jeder Hund, so war auch Freitag ein ganz außergewöhnlicher. Nicht nur verfügte er über ein schier unerschöpfliches Archiv von Geruchseindrücken, er hatte den Orientierungssinn eines wahren Büchernarren: Ohne mit dem Barthaar zu zucken, verstand er es, sich in vielerlei Geschichten gleichzeitig zurechtzufinden, ohne den Überblick zu verlieren – allein weil er es verstand, dem Klang von Sprachmelodien zu lauschen. Denn – das hatten wir bereits erwähnt – er war unter den Hunden ein ausnehmend musikalischer. Melodien waren für ihn so etwas wie die Wurst unter den Künsten.

Was Victor nicht ahnte: Wenn er aus einem seiner Romane vorlas, wie er es jeden Abend am Fenster sitzend tat, dann brachte er damit die Saiten seines Cellos, das in einer Ecke des Zimmers stand, zum Schwingen. Victor selbst schien es nicht zu hören, jedenfalls nicht bewusst wahrzunehmen.

Freitag dagegen hatte einen Sinn dafür. Für ihn wurde praktisch jede Geschichte mit einer ganz eigenen Melodie begleitet – immer Cello, was auf die Dauer einer Art einseitiger auditiver Ernährung entsprach, aber besser war als keine Musik.

Natürlich hätte sich der Sohn Harolds III. auch einmal gewünscht, dass ein Flügel im Zimmer gestanden hätte, am besten aufgeklappt. Aber so war das eben bei den Menschen: Man musste sich mit dem zufriedengeben, was man bekam. Und so lauschte er auch dem Reisenden in der Winternacht mit Cello-Begleitung, wiewohl ihm durchaus auffiel, dass in diesem Roman auch die Melodie seltsame Volten schlug! Mal elegisch, mal langsam, immer über längere Strecken hin, mal beinah im Pizzicato, dann ganz Andante … Solchermaßen umschmeichelt von menschlicher Stimme mit leisen Geigentönen, lag also Freitag auf seinem Kissen am Fenster und schnupperte, was es beim

Griechen im Erdgeschoss gab, welche Katze sich wieder auf dem Mauervorsprung gegenüber herumtrieb, wer sich erlaubt hatte, seine Markierung im Hinterhof zu hinterlassen und wie das Wetter morgen werden würde (sein ganz spezielles Talent: diesmal leider mit Aussicht auf Regen).

Morgen würde er die Sache etwas in Bewegung bringen. Es war einfach zu auffällig, wie lange sich Victor immer in diesem Haus herumtrieb, in dem die Frau wohnte, nach der das Buch so intensiv roch. Und es war zu auffällig, wie stark Victor jedes Mal roch, wenn er dort hielt, ja mehr noch: wenn er dort herauskam. Sehr auffällig. Freitag kannte diese Art von Geruch bei Menschen. Es war nicht so, dass er ihm unangenehm gewesen wäre. Wenn Menschen so rochen, waren sie mit sich selbst beschäftigt, was an sich bedeutete, dass man seine Ruhe vor ihnen hatte. Aber sie benahmen sich auf der anderen Seite oft unberechenbar. Und Unberechenbarkeit war Freitag ein Gräuel. So wie jetzt. Warum, um alles in der Welt, las Victor nicht laut? Das Cello schwieg. Der Abend plätscherte mit Düften nach Souvlaki, Erbsensuppe und Cockerspaniel dahin. Nicht einmal zu einem Kraulen ließ sich Victor herab. Beziehungsweise seine Hand. Stattdessen: konzentriertes Schweigen. Lesen. Nachdenken. Aus dem Fenster schauen, ohne was zu sehen. Ganz umständlich war der junge Mann an jenem Abend. Nein, so durfte das unter keinen Umständen weitergehen, beschloss also Freitag ben Harold, weshalb er die Zeit ohne die gewohnte Unterhaltung nutzte, um Pläne zu schmieden. Pläne, in deren Mittelpunkt niemand anderer als sein Mensch stand.

12

Es war an einem 13., einem Freitag, an dem der Paketbote unvermittelt vor einer leeren Parkbucht stand. So sehr er leere Parkbuchten liebte, in diesem Fall wusste er, dass es kein Glücksfall war. Das heißt: Er dachte es! Denn er kam aus einem Haus, in dem er eben etwas abgeliefert hatte – und in der besagten Parkbucht hätte sein Wagen stehen müssen. Dort hatte er ihn nämlich abgestellt. Stattdessen stand dort nichts. Das heißt: Es stand sehr wohl etwas dort, nur eben nicht sein Lieferwagen. Stattdessen wartete dort nur eine Frau, von der er nicht viel mehr als den Rücken und ein paar Füße in hübschen roten Schuhen erkennen konnte. Der Rest war in einen Mantel mit Kapuze gehüllt. Mit einer Mischung aus Verblüffung und Unglauben trat der junge Mann näher. Fassungslosigkeit traf es wohl am besten.

»Entschuldigung«, hörte er sich selbst sagen. Die Frau wandte sich um, und für einen Moment vergaß der Paketbote, was er hatte fragen wollen. Ihre Augen!

»Ja?«, erwiderte sie.

»Sie ... ich ...«, stotterte der junge Mann, ohne den Blick von ihren Augen abwenden zu können.

»Sie ... ich?«, wiederholte die junge Frau lächelnd, halb amüsiert, halb neugierig.

»Entschuldigung.«

»Das sagten Sie schon.«

»Oh, ja. Entschuldigung. Ich meine ...«

Sie lachte. »Schon gut!«, rief sie. »Ich schätze, die Geschichte geht noch weiter?«

Die Geschichte, ja. Würde sie weitergehen? »Ja«, flüsterte der junge Mann. »Die geht weiter.« Er versuchte, seinen Blick von ihr loszureißen, was ihm nicht gelang. »Mein Wagen.«

»Sind Sie der Taxifahrer?« Plötzlich schien sie zu verstehen.

»Taxi? Nein, nein. Leider. Sie warten auf ein Taxi? Ich … also, mein Wagen … Ich bin Paketbote. Und mein Wagen ist …« Er stockte. »Verschwunden.«

»Verschwunden«, wiederholte sie und lächelte ungläubig.

Ich würde es ja selbst nicht glauben, dachte er, während er beschloss, dass er diese Frau heiraten würde, egal, was kommen mochte. »Aber das macht nichts«, erklärte er, selbst über seine Worte staunend. »Im Gegenteil.«

»Aha?«

Es regnete. Sie hatte den Mantel fest um sich gezogen und schützte ihren Kopf mit der Kapuze, während er dastand und mit jedem Augenblick nasser wurde. »Nein. Das macht nichts. Es spielt keine Rolle mehr. Denn …«

»Denn?«

Das Taxi fuhr vor. Aber noch stand sie da. Noch hatte sie sich nicht abgewandt.

»Denn ...« Er holte Luft. Es gibt Augenblicke im Leben, die sind unwiederbringlich. Und wenn sie vorüber sind, hat man entweder sein Glück beim Schopf gepackt oder die Chance verpasst, ein anderes Leben führen zu können, ein anderes Schicksal zu haben, ein anderer Mensch zu sein. Und er wusste, dass dies ein solcher Augenblick war.

Der Taxifahrer sprang aus dem Wagen und rannte um die Motorhaube, riss die Hintertür auf und rief: »Taxi?«

Ohne sich zu ihm umzusehen, hob die junge Frau eine Hand, die dem Mann bedeutete, noch einen Moment zu warten. »Denn?«, sagte sie, den Blick fest in den Augen des Paketboten verankert.

»Denn ich werde Sie heiraten.«

Seufzend legte Bianca Martini das Büchlein beiseite und sinnierte noch ein wenig über die Geschichte. Zu gerne hätte sie jetzt mit jemandem darüber gesprochen. Doch es war nun einmal so: Sie war allein. Kein Mädchen im Lehnsessel, keine Katze auf der Fensterbank und kein Mann, der drüben in der Küche ein paar Eier für sie gebraten hätte oder sich im Bett auf sie wartend mit einem Buch die Zeit vertrieb. Stattdessen fühlte sie zwar ihre Kräfte wieder zurückkommen (die Krankheit war eindeutig überwunden), die Lust auf etwas anderes als heiße Getränke stieg, vor allem aber das Bedürfnis, sich mal wieder mit einem Menschen auszutauschen.

Da kein Mensch zur Hand war, schrieb sie ihre Gedanken zu dem bezaubernden Buch über die bezaubernde Antonia von Krings auf:

Lieber Herr Victor,

vielen Dank für den Roman, den ersten, »Bezaubert«. Er hat getan, was der Titel verspricht. Besonders mochte ich, wie einen die Geschichte immer wieder in eigene Gedanken trägt und man sich beim Lesen fortträumt. Das konnte ich auch gut brauchen, weil ich ein paar Tage krank zu Hause war. Haben Sie noch mehr so reizende Buchtipps?

Mit herzlichen Grüßen
Ihre Bianca Martini

Er wäre ja an diesem Tag gar nicht in den vierten Stock gestiegen, weil er nur eine Sendung für den zweiten hatte. Aber aus irgendeinem Grund hatte sich Freitag in den Kopf gesetzt, mitzukommen – und welcher Teufel ihn auch immer geritten hatte, er war nicht im zweiten Stock stehen geblieben, während Victor sein Päckchen bei Familie Mathiews abgab, sondern weiter hinauf gehoppelt. Seufzend stieg Victor ihm also hinterher. Nun würde er auch noch einen Hund wieder hinuntertragen müssen, denn mit dem Bein war es einfach zu gefährlich,

Freitag den ganzen Weg alleine runterlaufen zu lassen.

Natürlich konnte er nicht an Bianca Martinis Tür vorbeigehen, ohne einen sehnsüchtigen Blick auf das Schild zu werfen: »Martini«. Ob Sie wohl zu Hause war? Wieso sollte sie? Als hätte er ihn genau hierherlocken wollen, saß Freitag auf der Fußmatte – und als Victor ihn auf den Arm nahm, entdeckte er, dass dort tatsächlich ein Umschlag lag: »Victor«. Verblüfft hob der Paketbote ihn hoch. »Wusstest du das?«

Liebe Bianca Martini,

eben habe ich »Wenn ein Reisender in einer Winternacht« zu Ende gelesen. Das Buch hat mir sehr gut gefallen, auch wenn es nicht einfach zu lesen war. Deutsch ist nicht meine Muttersprache, und dieser Roman ist eine Herausforderung, weil er sich ständig verändert.

Die Auflösung war großartig! Vielen Dank für diese tolle Entdeckung!

Kennen Sie schon »Rupien! Rupien!«? Ich lege es Ihnen vor die Tür. Es wurde verfilmt, ein schöner Film. Aber das Buch ist viel weiser. Es hat mir Gedanken geschenkt, die ich im Film nicht entdeckt habe. Dabei ist es genauso spannend und schnell wie der Film. Und genauso bunt!

Herzliche Grüße
Ihr Victor

Lieber Victor!

Ihre Bemerkung, dass der Roman »genauso bunt« sei wie der Film, hat mich amüsiert. Aber Sie haben recht, Bücher sind bunt. Wir haben die Farben in uns und sehen sie, wenn wir lesen — wir lesen sie sozusagen aus uns heraus! So hatte ich das noch nie betrachtet. Ich lege Ihnen »Schiffbruch mit Tiger« hin. Viel-

leicht kennen Sie es noch nicht? Auch ein »bun-
tes« Buch. Ein philosophisches und trotzdem
aufregendes dazu.

Herzliche Grüße
Ihre Bianca

Ihre Bianca! Zum ersten Mal hatte sie nicht
mit ihrem Nachnamen unterschrieben. Sie
war jetzt »seine Bianca«. Victor hatte das
Gefühl, sein Herz müsste einen Hüpfer
tun. Offenbar sah man ihm die gute Laune
förmlich an. Denn nicht nur Freitag machte »Wuff«, und nicht nur Leon blickte ihn
mit einem großen Fragezeichen in den Augen an. Auch die Buchhändlerin begrüßte
ihn mit »Sie sehen aus, als machten Sie Fortschritte!«.

»Fortschritte?«

»Bei der Dame Ihres Herzens.«

»Oh!« Victor blickte beschämt zu Boden.

»Fortschritte würde ich es nicht nennen.« Aber sie hatte ja recht, es hatte sich etwas verändert: Er stand im Austausch mit der schönen Unbekannten! »Zumindest glaube ich jetzt zu wissen, welche Art von Büchern sie mag«, erklärte Victor.

»Und zwar?« Sie sah ihn so durchdringend an, als versuchte sie, die rätselhafte Frau in seinem Inneren zu finden.

»Philosophische! Sie denkt über die Bücher nach.«

Ihr Lächeln wurde breiter. »Ist nicht jeder Roman mehr oder weniger philosophisch?«

»Das ist wohl selbst schon eine philosophische Frage, oder?«

»Ist es.« Die Buchhändlerin wandte sich ab und ging langsam an einem der Buchregale entlang. »Womit haben Sie sie denn überzeugt?«, wollte sie wissen.

»*Rupien! Rupien!*«

»Ein kluger und unterhaltsamer Roman«, stellte die Buchhändlerin fest. »Ich mag es, wie unterschiedlich die Menschen sind, die darin vorkommen.«

»Guter Punkt«, befand Victor. »Stimmt. Das gefällt mir auch, obwohl ich darüber noch gar nicht nachgedacht hatte.«

»Vielleicht wäre das auch etwas für Ihre Angebetete?« Sie zog ein kleines Bändchen mit blauem Umschlag hervor: *Der Hut des Präsidenten*.

»Ich weiß nicht …« Victor schlug es auf, fand im ersten Satz Menschen auf Reisen und beschloss: »Ich werde es erst einmal selbst lesen.«

»Das ist immer gut«, sagte die Buchhändlerin und lachte. Sie hatte ein ausgesprochen schönes Lachen, das war Victor schon öfter aufgefallen. Ein Lachen, das ihm länger nicht aus dem Kopf ging, auch wenn er den Buchladen schon lange verlassen hatte.

Das Büchlein begleitete ihn durch den Abend und den nächsten Tag. Er las es abwechselnd mit *Schiffbruch mit Tiger*. Beide

Geschichten handelten – wieder einmal – von Außenseitern. Von Verwicklungen des Schicksals. Und von komplizierten Beziehungen. So wie seine zu Bianca Martini.

Liebe Bianca,

Ihren »Schiffbruch« habe ich sehr gerne gelesen, schrieb er am übernächsten Tag. *Erstaunlich, wie es dem Autor gelingt, ein so spannendes Buch auf so engem Raum zu schreiben – und auf so riesigem Gelände! Ein Junge und ein Raubtier auf einem Boot im Ozean. Das könnte ein schnelles Ende nehmen. Und dann liest man Hunderte Seiten wie im Flug. Außerdem lernt man die Dinge ganz anders zu sehen. Danke für diese schöne Empfehlung! Anbei bekommen Sie »Der Hut des Präsidenten«. Ich bin neugierig, was Sie darüber denken.*

Ihr Victor

Lieber Victor,

es wird Zeit, dass wir uns kennenlernen. Hiermit möchte ich Sie einladen, mich zu einem Abendessen in kleinem Kreis zu besuchen (in sehr kleinem Kreis). Vielleicht haben Sie Zeit am kommenden Samstag? 20.00 Uhr? Wo ich wohne, wissen Sie ja.

Schreiben Sie mir eine kurze Nachricht, ob es klappt.

Liebe Grüße

Ihre Bianca

Er hatte sich eigentlich etwas Nettes überlegen wollen, eine Nachricht, die mehr war als nur ein »Ich komme gern«. Aber als er nun über der Karte saß (er hatte sich wieder eine aus dem Buchladen besorgt, diesmal klappte ein Mädchen mit fliegenden Luftballons auf, wenn man sie öffnete), fiel ihm schlicht nichts ein. Am Ende schrieb er:

Ich komme gern.
Liebe Grüße, Victor

Immerhin hatte er noch ein Büchlein in pet-
to, das er zu der Karte stellen konnte, einen
Gedichtband von Christian Morgenstern.
Und er legte die Karte dort hinein, wo sein
Lieblingsgedicht stand:

Korf erfindet eine Tagnachtlampe,
die, sobald sie angedreht,
selbst den hellsten Tag
in Nacht verwandelt.

...

Es war das besondere Talent dieses Dichters,
dass er in der Lage war, die undenkbarsten
Dinge zu denken und sie in die seltsamsten
Reime zu gießen, die zwar durchaus immer
wieder ungelenk erschienen und eigentümliche Wortgebilde hervorbrachten, die man
aber dennoch ganz wunderbar verstehen

konnte, selbst wenn man nicht in die Sprache hineingeboren worden war, in der sie erdichtet wurden.

Am Samstag also. Was würde er anziehen? Würde er Freitag mitnehmen können? Sollte er die Buchhändlerin noch einmal konsultieren? Immerhin war sie stets interessiert an seinen Fortschritten – und neuerdings auch an seinen Gedanken zu den Büchern, die sie ihm empfahl oder die er selbst im Laden entdeckte. Ja, er würde noch einmal hingehen. Am Freitag. Schon, um noch ein besonders schönes Buch zu finden, das er der schönen Unbekannten mitbrachte.

In sehr kleinem Kreis, dachte er. Was das wohl bedeutete? Wollte Sie damit sagen, dass nur wenige andere da sein würden? Oder bestünde der Kreis womöglich nur aus zwei Personen insgesamt? Verstehe einer die Frauen!

Natürlich blieb es auch Leon nicht verborgen, dass sein Freund oft nicht ganz bei der Sache war, wenn sie über Bücher sprachen. Victor verwechselte Tom Sawyer mit Huck Finn, Katthult mit Bullerbü und wollte einmal sogar über Cole Porter sprechen, als es eigentlich um Harry Potter ging. Aber wenn der Junge eines gelernt hatte, dann war es, dass man jedem seine Träume lassen musste. Offenbar waren die von Victor zurzeit andere als seine. Was kein Wunder war. Denn es ging Leons Mutter gerade wieder schlechter. Vielleicht lag es daran, dass man ihn zweimal außerhalb der Besuchszeiten erwischt und ihm jetzt Hausverbot in der Klinik erteilt hatte. Ein paarmal hatte Victor ihn dennoch reinschmuggeln können – als Hilfskraft beim Ausliefern von Paketen. Aber auf Dauer würde das auch nicht gutgehen.

Immerhin war Freitag ganz der Alte. Er lauschte seinem jugendlichen Freund, ließ sich das Fell kraulen und jaulte gelegentlich einen Song mit, wenn etwas im Radio lief, das er mochte. Abgesehen davon freute sich Leon auf die immer zahlreicher werdende »Kundschaft« des Bücherbusses. Inzwischen gondelten sie bestimmt schon hundert Bücher durch die Stadt, und es wurden täglich mehr. Manchmal stand eine ganze Menschentraube hinter dem Lieferwagen, wenn Victor aus einem der Häuser zurückkehrte, in die er seine Sendungen auslieferte. Manchmal nahmen sie ein, zwei Leute mit, die sich zu sehr in ein Buch vertieft hatten, als dass man sie hätte rauswerfen wollen. Und manchmal musste Leon seinen Freund, den Paketboten, anstupsen, endlich weiterzufahren, weil der sich wieder einmal festgelesen hatte. Meistens freilich vergaß der Junge eine entsprechende Hilfestellung, weil er selbst mit der Nase in einem Buch festhing.

Der Götterbote trug also gemeinsam mit seinem jungen Freund die Literatur von Haus zu Haus, bestäubte gewissermaßen im Vorüberschweben das ganze Viertel mit dem Samen der Phantasie. Katzenromane für Frau Aschenbach, außergewöhnliche Atlanten für Frau Zeller, Galantes für Frau Fischer von der Vierundsiebzig und Musikalien für Herrn Gerber, den Fagottisten. Selbst der Dreiteiler entdeckte seine Liebe zu den Büchern und erkannte sich nicht nur modisch in James Bond wieder, sondern begann auch, sich ein wenig von dessen Coolness anzueignen. Am meisten aber frequentierten die Kinder den Wagen. Vor allem ab der Lindenallee wurde es täglich schwieriger, vom Fleck zu kommen, weil dort regelmäßig ein Mädchen namens Mina zustieg, das mit einem allerliebst bebilderten Buch über kleine Mäuse sofort Leons Aufmerksamkeit gefangen hatte. Scheinbar gab es von diesen *Brombeerhag*-Büchern eine ganze Reihe, und es machte den beiden offensichtlich nicht das Geringste aus, dass sie der offiziellen Altersgruppe längst entwachsen waren. Aber wer über Bücher in Altersgruppen denkt, hat ohnehin nichts von Literatur verstanden.

So wurden die Tage immer länger, die Feierabende immer später und die Zeiten, in denen sie gemeinsam durch die Stadt fuhren, immer ausführlicher. Lediglich über das Thema Schule wollte Leon mit seinem Freund nicht sprechen. Denn in der Hinsicht waren sie völlig unterschiedlicher Meinung.

»Victor?«

»Hm?«

»Wann können wir wieder ins Krankenhaus fahren?«

Der Paketbote seufzte. Er wusste, wie gerne Leon seine Mutter wiedergesehen hätte. »Die haben sich beim letzten Mal ziemlich aufgeregt ...«, gab er zu bedenken.

»Na und?«, befand Leon. »Das ist mir echt ziemlich egal.«

»Dir schon ...«

»Aber?«

Victor warf ihm einen Blick zu, während sie an der Ampel beim Hotel Grandezza standen. »Aber ich bekomme Ärger.«

»Ärger? Mit der Klinik?«

»Nein«, erklärte der Paketbote. »Aber mit meinem Arbeitgeber. Die haben da in der Klinik beim letzten Mal ziemlich unmissverständlich gesagt, dass sie sich bei meinem Arbeitgeber beschweren werden, wenn ich noch einmal *unbefugt in die Räume des Klinikums eindringe oder Dritten das Eindringen ermögliche.*«

Leon schwieg. Klar. Er verstand, was Victor sagte, er verstand auch, was er meinte, aber er verstand nicht, weshalb es so schwierig sein sollte, die eigene Mutter im Krankenhaus zu besuchen. »Und wenn wir sie zu den normalen Besuchszeiten besuchen?«

»Das kann ich nicht, Leon.« Victor zuckte hilflos mit den Achseln. »Du weißt, ich bin den ganzen Tag wie ein Verrückter in der

Stadt unterwegs. Wenn ich meine Sendungen nicht zustelle, verliere ich den Job. Und dann können wir gar nicht mehr hinfahren, verstehst du?«

Leon schnaubte. »Aber gar nicht mehr hinfahren tun wir doch jetzt schon«, sagte er nach einer Weile. Und wenige Augenblicke später: »Ich möchte aussteigen.«

Victor hielt an. Sie waren in der Nähe des Bücherschranks. Und damit ziemlich weit weg von den Stationen, an denen der Junge in die U-Bahn hätte steigen können, um nach Hause zu fahren. »Hier ist es nicht gut«, sagte Victor leise, beinahe entschuldigend.

»Passt schon«, erklärte der Junge und war draußen, noch ehe der Paketbote ihn hätte zurückhalten können. Vor allem: Auch Freitag hüpfte aus dem Wagen, und zwar so behände, als wäre er ein junges Hündchen auf vier gesunden Pfoten!

»Leon?«, rief Victor. »Freitag?« Er legte die Handbremse ein und stieg ebenfalls aus.

Doch bis er um den Wagen herum war, waren die beiden tatsächlich verschwunden!

Verblüfft blickte der Paketbote die Straße rauf und runter. Nichts. Sie mussten die Fußgängerunterführung genommen haben, vielleicht auch tatsächlich zur U-Bahn gelaufen sein. Kurz überlegte Victor, ob er den Wagen noch zusperren sollte, doch dann lief er einfach los. Immerhin ging es um seinen besten Freund! Ob das der Junge war oder der Hund, wer hätte das schon zu sagen vermocht.

Als er unten ankam, fuhr der Zug gerade los, der Bahnsteig war menschenleer. »Leon?«, rief Victor wieder. »Freitag?« Doch niemand antwortete, niemand stand hinter einer der Säulen, niemand war mehr zu sehen, kein Zweibeiner und auch kein Dreibeiner. Victor spürte, wie sein Herz heftig schlug. Er wusste, dass er nichts falsch gemacht hatte und dass alles, was er gesagt hatte, richtig gewesen war. Und doch hatte er ein schlechtes Gewissen, während er langsam und bedrückt die Treppe wieder hinaufstieg und zu seinem Wagen zurückkehrte. Mit schwerem Herzen stieg er ein und ließ sich auf seinen Sitz fallen.

»Da bist du ja«, sagte Leon. »Können wir endlich weiterfahren?« Und Freitag unterstrich die Reklamation mit einem kurzen, aber deutlichen Knurren.

13

An diesem Samstag hatte Victor extra seine Route umgeplant, damit er früh genug
fertig wurde, um ausreichend Zeit zu haben, sich für den Abend schick machen zu
können. Er hatte sich sogar ein Jackett gekauft (im Sonderangebot und mit Extrara-
batt, weil der Händler ihm einen Gefallen
tun wollte; sie kannten sich von Hunder-
ten Lieferungen). Eigentlich war es ein wenig zu edel: nachtblau mit Samtkragen. Victor kam sich vor wie ein Hochstapler, als er
sich darin vor dem Spiegel stehen sah. Dazu die Hose, die ein wenig zu hell war und
erst recht wie geklaut wirkte. Aber nun war
nichts mehr zu machen, etwas Neues, das
passender schien, würde er auf die Schnelle

nicht mehr finden, und in seiner Alltags-kleidung wollte er auf keinen Fall zu Bianca Martini gehen. Denn – das erkannte er jetzt – er hatte ja irgendwie den Eindruck erweckt, ein belesener, kultivierter Mann zu sein, Paketbote hin oder her. Und belesene, kultivierte Männer sollten auch irgendwie kultiviert aussehen. Fand er jedenfalls. Fand leider auch sein Friseur, bei dem er in der ganzen Zeit, die er nun schon im Lande arbeitete, erst dreimal gewesen war. Nun also das vierte Mal – und mit Sicherheit auch das letzte Mal. Hätte er nur nicht die Augen geschlossen, als der Barbier zur Schere griff. Hätte er sich nur nicht vom allgemeinen Gemurmel in dem Salon und den Versprechungen des Meisters einlullen lassen! Mit der neuen Frisur und dem seltsamen Aufzug sah er beinahe aus wie ein Fußballstar bei der Verleihung einer Trophäe, am besten noch einer, die mit Fußball gar nichts zu tun hatte. Aber auch das half nichts: Manchmal musste man die Dinge nehmen, wie sie kamen.

Die Frisur, die er sich am Freitagabend eingehandelt hatte, nachdem er in der Buchhandlung gewesen war, verdeckte er tagsüber mit seiner Dienstkappe, die er sonst eigentlich nie trug. Das verlieh ihm scheinbar zusätzliche Autorität, denn sogar der Zweireiher von der Fünfzehn grüßte ihn, vor allem: ohne ihm schwere juristische Konsequenzen anzudrohen, wofür auch immer. Frau Bundschuh verwickelte ihn in eine Diskussion über Disziplin, aus der er sich nur durch eiserne Disziplin retten konnte. Frau Zeller zögerte nicht, ihm zu attestieren, dass er »heute besonders markant« aussah, was immer das heißen sollte.

Leon saß die meiste Zeit hinten im Wagen und interessierte sich nicht für ihn, was Victor nicht weiter störte, denn er fand kaum die Nerven, sich auf den Verkehr zu konzentrieren – von der Lektüre ganz zu schweigen. Er wollte den *Schiffbruch mit Tiger* unbedingt noch fertigbekommen, ehe er am Abend zu der Einladung ging. Aber so wie es aussah, kam er über ein paar Absätze nicht hinaus, weil seine Gedanken unablässig abschweiften. Zu den Zeilen, die ihm Bianca Martini geschrieben hatte. Zu den Dingen, die er über sie wusste (oder zu wissen glaubte): den Büchern, die sie bestellt hatte, denen, die sie ihm geschenkt hatte. Der sehr akkuraten, schönen Handschrift. Den reizvollen Dessous …

Natürlich hatte er sie auch gegoogelt. Allerdings erfolglos. Es gab mehrere Bianca Martinis. Die einen wohnten in einer anderen Stadt, die anderen in einem anderen Land. Die meisten schienen sowieso nur auf Facebook oder Instagram zu existieren. Aber keine passte in dieses Haus mit der Nummer siebzehn, wo er nun schon so häufig ausgeliefert hatte.

Und so ging der Samstag dahin, eher zäh

und nervös, aber irgendwie dann doch. Und Victor wunderte sich nur sehr am Rande, dass Leon nicht irgendwann beschloss, das Weite zu suchen. »Fährst du heute die ganze Tour mit?«, fragte er, als sie schon fast am Ende waren.

»Beim nächsten Stopp steige ich aus«, erklärte der Junge und blickte nur kurz von seinen Abenteuern auf, die er mit *Sally Jones* in Lissabon und auf irgendwelchen Schiffen auf den Weltmeeren erlebte.

»Alles klar.«

Der letzte Stopp war an diesem Tag noch ein gutes Stück vom Depot entfernt. Ahornweg 12. Ein Haus mit sieben Stockwerken. Schwerstarbeit. Denn die Menschen, die hier lebten, gehörten nicht zu denen, die das Einkaufen zelebrieren konnten. Viele von ihnen arbeiteten lange, waren Kassiererinnen, Taxifahrer, Reinigungskräfte, die erst antraten, wenn die Büroangestellten in den Feierabend gegangen waren. Entsprechend bestellten sie:

viel und oft. Und sie retournierten. Manchmal hatte Victor sie im Verdacht, nur zu bestellen, um retournieren zu können. Wenn schon keine Zeit war, shoppen zu gehen, dann musste der Shop eben zu ihnen kommen. Auch wenn das bedeutete, dass der Paketbote ununterbrochen rauf und runter schleppte (denn der Lift war natürlich notorisch kaputt).

Aber auch diese Lieferung hatte ein Ende. Und wie durch ein Wunder hatte ihm tatsächlich an diesem Tag niemand etwas mitzugeben gehabt! Befreit und erleichtert im wahrsten Sinne des Wortes, nahm Victor immer zwei Stufen auf einmal aus dem siebten Stockwerk hinunter und atmete auf, als die Tür hinter ihm zufiel.

Es war an einem 14., einem Samstag, an dem der Paketbote unvermittelt vor einer leeren Parkbucht stand. So sehr er leere Parkbuchten liebte, in diesem Fall wusste er, dass es kein Glücksfall war. Das heißt: Er *dachte* es!

Denn er kam aus dem Haus, in dem er eben etwas abgeliefert hatte – und in der besagten Parkbucht hätte sein Wagen stehen müssen. Dort hatte er ihn schließlich abgestellt. Stattdessen stand dort nichts. Das heißt: Es stand sehr wohl etwas dort, nur eben nicht sein Lieferwagen. Stattdessen wartete dort nur eine Frau, von der er nicht viel mehr als den Rücken und ein paar Füße in hübschen roten Hausschuhen erkennen konnte.

»Frau Ibrahimovic!« Die alte Dame hätte den Kopf zur Seite gerissen, wäre sie dazu noch in der Lage gewesen, so aufgeregt hatte Victor sie angerufen. Nun, immerhin drehte sie sich langsam zu ihm um. »Der Paketbote«, stellte sie mit absurder Langsamkeit fest.

»Mein Wagen!«, rief Victor. »Mein Wagen ist weg!«

»Ihr Wagen?«

»Mein Lieferwagen!« Victor lief ein paar Schritte die Straße runter und wieder zurück, hilflos, sinnlos, den Kopf so leer, dass ihm schwindelig wurde. »Und Leon!«

»Leon?« Ein unwissendes Lächeln zeichnete sich auf der Miene von Frau Ibrahimovic ab.

»Und Freitag!«

Da hob sie einen Zeigefinger und schüttelte bedächtig den Kopf. »Nein, nein, guter Mann. Heute ist Samstag! Ich weiß es genau, weil ich …«

»Wo ist mein Wagen?«, rief Victor und fummelte sein Handy aus der Tasche, ohne noch weiter auf die Frau zu hören, die ihm mit ihrem Rollator langsam die Straße auf und ab folgte (denn er war wie verrückt mal in diese, mal in jene Richtung gelaufen), was darauf hinauslief, dass sie sich immer nur um die eigene Achse drehte, weil sie seinem Tempo nicht einmal ansatzweise folgen konnte.

»Leon!«, rief Victor und blieb so unvermittelt stehen, dass Frau Ibrahimovic auf der Stelle stolperte und beinahe über die eigenen Füße gefallen wäre. »Klar!«

»Guter Mann«, klagte die alte Dame. »Ich weiß nicht, was Sie wollen. Aber ehrlich gesagt, habe ich den Eindruck, Sie wissen es selber nicht.«

Forschend sah sie ihn an. Jetzt stand er zumindest einmal still, und zwar direkt vor ihr, und starrte auf ihre Hausschuhe, als könnte er darin den Lieferwagen erkennen wie in einer Glaskugel.

»Ich glaub's ja nicht«, flüsterte er. »Der Junge hatte das geplant.«

»Der Junge? Wissen Sie, dass Sie in Rätseln sprechen?«

Seufzend legte Victor der alten Dame die Hände auf die Schultern. »Entschuldigen Sie«, sagte er. »Ich wollte Sie nicht erschrecken. Ich bin nur selbst so erschrocken.«

»Ach«, erwiderte Frau Ibrahimovic. »Ich

weiß zwar kein bisschen, worum es jetzt eigentlich gegangen ist, aber es war immerhin unterhaltsam. So viel bewegt habe ich mich schon lange nicht mehr!« Sie deutete mit ihrem dünnen Zeigefinger die Straße hinunter. »Da kommt er.«

»Mein Lieferwagen?«, fragte Victor verblüfft.

»Nein. Mein Enkel. Er geht mit mir zum Eisessen.« Die alte Dame zwinkerte Victor zu. »Er isst. Ich zahle. Aber dafür muss ich nicht zu Hause sitzen.« Sie kicherte ein wenig. »Und manchmal nehme ich mir doch eines.«

»Tun Sie das, Frau Ibrahimovic.« Victor lächelte ihr zu, tippte sich an die Kappe und rannte los. Wenn er Glück hatte, wäre der Buchladen noch geöffnet. Dorthin war es nicht weit, und die Buchhändlerin würde ihm jedenfalls helfen können.

Wenig später waren sie auf der Straße: mit einer Geschwindigkeit, die in keiner Verkehrsordnung vorgesehen war, und mit kreativen Manövern, die man sonst nur von Veranstaltungen kennt, die zwischen Paris und Dakar stattfinden (oder auf den Straßen Kalkuttas). »Sind Sie wirklich sicher, dass der Junge das kann?«

»Der Junge?«, keuchte Victor. »Der kann alles. Alles, was er will. Dieser Leon ist ein Teufelsbraten. Sagt man das so?«

Die Buchhändlerin hätte geschmunzelt, wenn sie unter den gegebenen Umständen ein Schmunzeln zustande gebracht hätte. Aber den Fliehkräften und ihren inneren Organen war gerade nicht danach. »Sagt man so«, bestätigte sie. »Klingt nur ein bisschen altmodisch.«

»Trotzdem«, knurrte Victor zwischen zusammengepressten Zähnen. »Das hätte er nicht tun dürfen.«

»Da bin ich allerdings Ihrer Meinung«,

bestätigte die Buchhändlerin, die sich in die Sicherheit ihrer Leseabenteuer zurück wünschte. »Viel zu gefährlich.«

»Eben«, bestätigte Victor. »Ich könnte meinen Job verlieren.«

»Ach, deshalb? So hatte ich das nicht gemeint.«

»Schon klar.« Der Wagen fuhr leider nicht schneller als vielleicht fünfzig Stundenkilometer – über der erlaubten Höchstgeschwindigkeit. Fühlte sich allerdings in dem klapprigen alten Kastenwagen eher an wie Lichtgeschwindigkeit.

»Ist es noch weit?«

»Einmal durch die Stadt. Genau ans andere Ende«, erklärte der Paketbote und fluchte innerlich. So etwas hätte man auch anders organisieren können. Aber es half ja nichts: Ämter und Behörden planten grundsätzlich nach undurchsichtigen, geheimnisvollen Kriterien. Das kannte Victor aus seiner Heimat zur Genüge. Dort hatten auch vielbefahrene Straßen keine Beleuchtung, dafür gab es abgelegene Wege, die erleuchtet waren wie der Goldene Saal im Kreml oder der Times Square in New York. Und wer von Pitesti aus ans Meer wollte, musste erst einmal kilometerweit in die entgegengesetzte Richtung fahren.

Es schien eine Ewigkeit zu dauern, eine Ewigkeit, in der sie kaum ein Wort wechselten, weil so große Anspannung in der Luft lag. Und hinter jeder Abzweigung, an jeder Kreuzung, über die sie schossen, an jeder Unterführung oder Brücke fürchtete Victor, sie könnten den Lieferwagen entdecken: in einen Unfall verwickelt, umgeben von Polizei und – viel schlimmer! – Notärzten und Sanitätern. Doch nichts dergleichen geschah. Stattdessen tauchte endlich, endlich das rote Kreuz auf, das über dem Gebäude prangte, leuchtend in der schräg stehenden Abendsonne.

»Da!«, rief Victor. »Endlich!«

»Uff!«, stimmte die Buchhändlerin wenig literarisch ein. »Bin ich froh.« Dass die Fahrt zu Ende ist, dachte sie, sagte es aber nicht. Denn man musste anerkennen, dass außer professionellen Rallye-Fahrern und diplomierten Schutzengeln kaum jemand in der Lage gewesen wäre, diese Strecke so schnell und ohne Karambolage zu bewältigen. Dass der kleine Kastenwagen, der ja locker ein paar Jahrzehnte auf dem Buckel hatte, nicht in seine Einzelteile zerfallen war, war ein weiteres Wunder an diesem Abend.

Und tatsächlich: Ganz in der Nähe des Eingangs zum Klinikum stand der Lieferwagen. Unvermittelt traf Victor die Erkenntnis, dass es schwierig werden könnte, zu Leons Mutter vorzudringen. Längst war ja nicht nur der Stationsdrachen alarmiert, wenn der Paketbote eintraf, auch am Empfang wachte man mit Argusaugen darüber, dass sich nicht irgendwelche Zusteller zur Unzeit an Orte schlichen, an denen sie nichts zu suchen hatten – und mit irgendwelche war einer gemeint: Victor.

Doch auch hier schien die Kappe ihre Wirkung zu zeitigen. Offensichtlich verlieh sie ihm die nötige Autorität, unbehelligt durch die Eingangshalle und auf die Station zu schreiten, obwohl er nicht einmal – wie sonst – zur Tarnung ein Päckchen unter dem Arm trug. Vielleicht war es aber auch der Umstand, dass er diesmal nicht mit einem kleinen Jungen unterwegs war, sondern mit einer attraktiven jungen Frau, die gut als Assistenzärztin durchgegangen wäre. Jedenfalls konnte Victor sein Glück kaum fassen, als er auf der Station den Kittel der argwöhnischen Schwester in einem Zimmer verschwinden sah, just in dem Moment, in dem sie um die Ecke bogen. »Schnell«, flüsterte er und winkte der Buchhändlerin, ihm rasch zu Zimmer 9 zu folgen.

Mit pochendem Herzen drückte er die Klinke, sein Klopfen war kaum vernehmbar, so sehr sorgte er sich, er könne die Aufmerksamkeit des Stationsdrachen wecken. Dadurch allerdings weckte er auch sonst niemanden. Namentlich nicht die beiden Menschen, die selig nebeneinander in dem einen Bett schliefen, das in diesem Zimmer stand: Leon und seine Mama, Arm in Arm. Auf den beiden lag der *Frühling im Brombeerhag* – und Freitag saß auf dem Boden und blickte neugierig von den Schlafenden zu Victor und seiner Begleitung und wieder zurück. Er wollte schon »Wuff« von sich geben, doch der Paketbote gab ihm ein Zeichen, leise zu sein. Und Freitag verstand, erhob sich und trottete zur Tür, um seinem Freund Victor zu folgen. Sie würden jetzt niemanden wecken. Und mit ein wenig Glück war die Stationsschwester beschäftigt genug, um nicht nach Leons Mutter zu sehen.

»Danke«, sagte Victor, als sie wieder draußen vor dem Gebäude standen. »Dass Sie mir Ihren Wagen geliehen haben.«

Die Buchhändlerin schenkte ihm ein Lächeln. »Ich hätte gar nicht gedacht, dass das Auto zu so einer Fahrt überhaupt in der Lage ist.« Sie zwinkerte ihm zu. »Danke, dass Sie mich mitgenommen haben.« Und ganz leise, sodass er beinahe glaubte, es sich nur eingebildet zu haben: »Und danke, dass wir das beide überlebt haben.«

Den Lieferwagen jetzt ins Depot zu bringen, war sinnlos. Zumteufel würde längst im Feierabend sein. Das Tor war zwar rund um die Uhr geöffnet, aber es war um die Zeit keiner mehr für die Annahme der reinkommenden Fahrzeuge da. Nicht am Samstag. Entsprechend war Victor nicht überrascht, dass er mehrere entgangene Nachrichten auf dem Handy hatte. Und zwei Textnachrichten:

Jordanescu! Wo bleiben Sie? Zumteufel.

Er musste lachen. In der Wortfolge musste man es glatt ohne Satzzeichen lesen.

Ist alles okay bei Ihnen? Z.

Rasch tippte er:

Alles in Ordnung. Bin im Verkehr steckengeblieben. Bringe den Wagen am Montag frühmorgens.

Dann machte er sein Handy aus. Denn manchmal ist es einfach besser, wenn man nicht erreichbar ist. Ein Blick zur Uhr klärte auch die Frage, ob er noch pünktlich zu seiner Verabredung kommen würde. Ganz klar: nein. Jetzt wäre es natürlich hilfreich gewesen, wenn er nicht nur die Adresse, sondern auch die Telefonnummer von Bianca Martini gekannt hätte. Zumal er nach der mörderischen Jagd durch die Stadt völlig durchgeschwitzt war: So konnte er nicht einfach nur in andere Kleider steigen, sondern brauchte zuerst eine Dusche. »Freitag«, sagte er. »Ich hoffe, du hast gute Nerven. Du wirst jetzt leider auch das Vergnügen haben, nicht ganz nach den Regeln durch die Stadt zu fahren.« Zu heizen, hätte es besser getroffen.

14

Es gab einen Song von John Lennon, den Victor ganz gerne mochte (eigentlich gab es fast nur Songs von ihm, die er gerne mochte), darin die Zeile: *Live is what happens to you while you're busy making other plans.* Daran musste er denken, als er endlich – viel zu spät! – die Treppe in den vierten Stock hinauflief. Denn Pläne hatte er gemacht. Und statt sich um diese Pläne zu kümmern, war das Leben ganz einfach passiert, wie es eben zu passieren beliebt hatte. Das hieß in diesem Fall: in einem anderen Takt, mit anderem Tempo und vor allem mit gänzlich anderen Ergebnissen.

Dass er über eine halbe Stunde hinter der Zeit war, das war nun nicht mehr zu ändern.

Dass er aussah wie ein Gigolo aus einem Fünfzigerjahre-Film, das hätte sich vielleicht noch ändern lassen – wäre denn mehr Zeit gewesen! Und dass er nicht mehr dazu gekommen war, auch noch einen besonders exquisiten Kaffee zu besorgen, nun, siehe oben. Kaffee hatte Bianca Martini einige Male geordert. Sie hatte also offenbar ein Faible. Zu gerne hätte Victor ihr ein Päckchen mit einer ganz außergewöhnlichen Röstung besorgt, ein Bekannter, mit dem er am Konservatorium von Bukarest studiert hatte, war Barista in einem schicken Café in der Stadtmitte geworden. Nur: Auch für den Weg dorthin hatte die Zeit nach dem ereignisreichen und vor allem ungeplanten Spätnachmittagsausflug zur Klinik nicht mehr gereicht. Gerade noch hatte er in einem kleinen Teeladen eine Packung *Frühlingsgarten* erworben, oder besser: sich aufschwatzen lassen. Denn die Inhaberin hatte ihn gar nicht erst zu Wort kommen lassen, so begeistert war sie von dieser Mischung gewesen.

Dass Freitag, als er mit dem Teepäckchen in den Wagen geklettert war, aufgejault hatte, hätte ihm zu denken geben können. Dass er selbst Kopfschmerzen hatte, seit er die in Blümchenpapier gewickelte Packung auf dem Armaturenbrett abgelegt hatte, erst recht. Das alles ging ihm durch den Sinn, als er endlich vor der Tür mit dem Schild »Martini« stand. Aber jetzt war es zu spät. Immerhin, er hatte ein gutes Buch dabei, das war schon mal etwas. Denn ob sie neben Kaffee auch Tee mochte (vor allem eine solche obskure Mischung), das ließ sich nicht einschätzen. Aber dass sie Literatur liebte, das lag auf der Hand. Und dass gerade der neue Roman des Autors von *Bezaubert* herausgekommen war, war ein Glück! Das hieß: falls dieses Büchlein nicht gerade schon in der letzten Lieferung enthalten gewesen war.

Sein Herz klopfte so laut, dass er schon

dachte, sie müsste ihn auch so draußen hören, er bräuchte den Klingelknopf gar nicht
zu drücken. Natürlich tat er es trotzdem.
Während er wartete, strich er mit den Fin-
gern über das Samtrevers seines Jacketts,
fuhr sich einmal durchs Haar, stieß einen
Seufzer aus, als ihm wieder einfiel, welche Frisur ihm zuteilgeworden war – und
schluckte, als sich die Tür öffnete.

»Guten Abend!«

»Guten Abend«, erwiderte Victor. »Ich
wollte zu … Frau Martini.«

»Aber ja! Sie müssen Victor sein, nicht
wahr?«

»Ähm … ja«, erwiderte Victor unsicher.
»Ist sie zu Hause?«

Ein Lächeln glitt über das Gesicht der alten Dame. »Ja«, sagte sie. »Ich denke schon.
Treten Sie doch ein!«

Es war auf dem Balkon gedeckt. Für drei. »Und Sie sind …«, sagte Victor, während er sich verstohlen in der Wohnung umsah. Alles sehr geschmackvoll, wenn auch nicht sehr aufgeräumt. Zeitlos. Viele Bücher, aber das hatte er ja erwartet. Ein Klavier! Das nahm ihn sofort für die Wohnung ein.

»Ich bin gleich fertig«, erwiderte die alte Dame und deutete hinaus. »Setzen Sie sich ruhig schon hin.«

»Es ist mir sehr peinlich, dass ich mich verspätet habe«, erklärte Victor, während er auf den Balkon trat und einen Blick in den Hinterhof warf, der ihn durchaus an seinen eigenen erinnerte, auch wenn hier alles etwas grüner und zugleich ordentlicher wirkte.

»Kein Problem. Sie sind nicht der Letzte.«

Wenn er nicht der Letzte und der Tisch für drei Personen gedeckt war, dann war die alte Dame … Victor atmete tief durch, wandte sich um und leistete innerlich Abbitte. Hatte *irgendjemand* behauptet, die schöne Unbekannte sei in jugendlichen Jahren? Hatte er *irgendeinen* Anlass gehabt, zu glauben, dass sie ... Nun ja: die Dessous ... Andererseits: Wer wusste schon, was ältere Damen heutzutage so untendrunter trugen. Und wer wusste schon, ob man in solchen Shops nicht auch ganz einfach hübsche Pyjamas bestellen konnte. Konnte man vermutlich!

»Sie sehen aus, als könnten Sie einen kleinen Begrüßungstrunk brauchen«, sagte die alte Dame und reichte Victor ein Glas mit einem verdächtig grünen Drink.

»Danke«, erwiderte er. »Tut mir leid.«

»Was tut Ihnen leid, mein Lieber?«

»Dass ich so verwirrt wirke. So durcheinander. Ich ... ich habe einen ziemlich verrückten Nachmittag hinter mir. Deshalb bin ich auch so spät.«

Die alte Dame winkte ab. »Jeder Nachmittag ist verrückt«, erklärte sie. »Nur nicht für jeden.«

Victor musste lachen. »Sie haben recht«, erwiderte er. »Oh! Mir fällt ein, ich habe ja auch etwas mitgebracht.«

Er hielt ihr das Päckchen mit dem »Tee« unter die Nase.

»Tee«, sagte Bianca Martini mit einem undefinierbaren Gesichtsausdruck. »Wie nett. Und auch noch vom *Teelädle*.« Ein Schmunzeln umspielte ihre Lippen.

»Sie kennen es?«

»Flüchtig.«

»Ich wollte Kaffee mitbringen. Aber … wie gesagt: ein verrückter Nachmittag.«

»Ja … natürlich. Bestimmt ist der Tee ganz ausgezeichnet.« Sie legte das Päckchen auf eine kleine Konsole neben der Balkontüre.

»Und ein Buch …«, sagte Victor. »Ein Buch habe ich natürlich auch dabei!«

»Ah!« Schon klang sie viel interessierter. Viel neugieriger. Er reichte es ihr. Zum Glück gab es in seiner Buchhandlung nicht nur Karten, sondern auch Geschenkpapier. Die

Buchhändlerin hatte ihm den kleinen Roman sogar eingewickelt und mit einer hübschen grünen Schleife verziert (»Rot oder Grün?« – »Was meinen Sie?« – »Nun, Rot steht natürlich für die Liebe …« – »Dann nehmen wir bitte Grün. Ich möchte nicht … nun, ich möchte …« – »Schon klar.«).

»*Die große Tour*«, flüsterte die alte Dame. »Ist das nicht das neue Buch von dem Autor, der *Bezaubert* geschrieben hat?«

»Ich dachte, da Sie es mochten …«

»Jeder mag *Bezaubert*! Sie ahnen ja nicht, was es mit mir gemacht hat«, sagte Bianca Martini und drückte seinen Arm, voll Dankbarkeit für das eine wie das andere Buch. »Ich freue mich schon aufs Lesen!«

»Ja«, sagte Victor und fand, dass sie auch bezaubernd war, diese alte Dame in ihrer hübschen, etwas unaufgeräumten, aber eleganten Wohnung mit all den Büchern. »Darf ich?« Er deutete zu einem der Regale hin.

»Aber natürlich! Sieh dir das Bücherregal

eines Menschen an, dann weißt du, mit dem du es zu tun hast. Alte Weisheit.«

»Und wenn einer keine Bücherregale hat?«

Bianca Martini lachte. »Dann weiß man es erst recht!«

Es läutete.

Während er an dem hübsch gedeckten Tisch (ein Stöckchen mit Vergissmeinnicht stand zwischen den drei Tellern, ein kleines Windlicht daneben, es gab Stoffservietten und ganz unterschiedliche, aber hübsche Weingläser) vorbei gerade wieder nach drinnen gehen wollte, hörte er, wie Bianca Martini an die Tür ging und freudig grüßte: »Ah, Frau Wagner! Wie schön, dass Sie noch kommen konnten.«

Die gemurmelte Entschuldigung, die offenbar folgte, konnte er nicht verstehen, obwohl ihn die Melodie der Stimme an irgendjemanden erinnerte, nur die Antwort der alten Dame: »Aber nein, machen Sie sich keine Gedanken! Mein anderer Gast ist auch erst vor ein paar Augenblicken hereingeschneit! Ich freue mich, dass Sie beide Zeit haben für einen Abend mit der älteren Generation.«

Und dann traten sie beide ins Wohnzimmer. Und Victor, der sich zu ihnen umwandte, wäre beinahe vom Balkon gefallen, so überrascht war er.

Es wurde ein schöner Abend. Ein sehr schöner! Für alle drei. Die Verlegenheit und die Befangenheit waren rasch verflogen. Dafür sorgten Krüss und Brunnenkresse, Leopardi und Lachs vom Grill, Balzac und Bruschetta, Tucholsky und Tiramisu, auch der Musil und der Muscato taten ihr Übriges, vor allem aber natürlich die Erkenntnis, dass man sich unter Gleichgesinnten befand. So verschieden die drei Menschen waren, die diesen Abend teilten, so nah waren sie sich doch in ihrer Liebe zur Literatur, zu außergewöhnlichen Geschichten und auch zur Musik!

»Sie haben ein Klavier«, bemerkte Victor, als er einmal kurz den Balkon verlassen hatte und aus dem Wohnzimmer zurückkehrte.

»Es hat meinem Mann gehört. Leider spiele ich selbst nicht.«

»Schade«, bemerkte Frau Wagner. »Ich hätte es gerne gelernt.«

»Vermutlich ist es schrecklich verstimmt nach all den Jahren«, erklärte die alte Dame entschuldigend.

»Soll ich mal nachsehen?«, fragte Victor.

»Sie spielen?«

»Ich habe es studiert. Das heißt, nicht eigentlich Klavier, sondern Komposition. Und Cello. Aber ein bisschen kann ich es.«

»Oh ja«, rief Bianca Martini. »Spielen Sie uns doch was!«

»Irgendwelche Wünsche?«

»Etwas Romantisches vielleicht?«, schlug Frau Wagner vor.

Victor verbeugte sich leicht, setzte sich an das Instrument und klappte den Deckel hoch. Es war in der Tat arg verstimmt. Aber jeder Musiker wusste, dass dafür fast nur Musiker ein Ohr hatten. Deshalb kümmerte er sich nicht weiter darum, sondern spielte einfach. *Clair de lune* von Claude Debussy.

Kein langes Stück, aber ein tiefes. Dass er keinen Applaus bekam, wunderte Victor nicht, er hatte keinen erwartet. Dass allerdings beide Frauen Tränen in den Augen hatten, als er wieder auf den Balkon trat, noch viel weniger.

»So schön«, flüsterte Frau Wagner und wischte sich über die Wange.

»Zauberhaft«, stimmte Bianca Martini zu.

»Dann passt es ja zu diesem Abend«, stellte Victor fest und fing einen Blick der jüngeren Frau auf. Er kannte diesen Blick an ihr noch nicht, obwohl er schon so viele Arten kannte, mit denen sie ihn angeblickt hatte. Spöttisch, skeptisch, neugierig, amüsiert ...

»Ich habe Sie unterschätzt«, sagte sie leise und nickte ihm zu. »Ich habe Sie wirklich unterschätzt.«

Bianca Martinis Augen wanderten von ihr zu ihm und zurück. »Tja«, erklärte sie. *»Die ersten Eindrücke sind die tiefsten; was danach kommt, muss sich dem fügen, was uns geprägt hat.«*

Victor musste nur kurz überlegen. »Schiffbruch mit Tiger?«, fragte er dann.

»Genau.«

»O Gott.«

»Weshalb?«

»Na, sehen Sie mich doch an!« Er deutete an sich herab: an seinem Jackett mit dem Samtrevers, an der zu hellen Hose, und zeigte auf die Frisur, die er sich eingefangen hatte. »Ich hoffe, ich kann das Bild irgendwie noch korrigieren!«

Da lachte die junge Frau und schlug die

Hände vors Gesicht. »Was soll ich denn da sagen?«

»Bitte?«, fragte Victor verwirrt.

»Der erste Eindruck von mir war wohl, dass ich Ihnen *Fifty Shades of Grey* empfohlen habe!«

»Ach, in Wirklichkeit war der erste Eindruck einer, von dem ich gar nicht wusste, dass er von Ihnen war.« Er dachte an das Päckchen mit der Schleife. Vielleicht zeichnete sich ein klein wenig Rot auf seinen Wangen ab. Vielleicht schnappte die junge Frau ein klein wenig nach Luft, weil sie sich erinnerte, was er bei ihrem ersten Zusammentreffen über die Frau erzählt hatte, mit der er ins Gespräch kommen wollte. Und weil sie eins und eins zusammenzählte. Wir werden es nie erfahren. Zumal in diesem Augenblick Bianca Martini einen leisen Schrei ausstieß und auf das zarte Wesen starrte, das sich unbemerkt auf den Balkon geschlichen hatte und nun plötzlich hinter einem Pflanzkübel hervorkam, um sanft ihre Beine zu umstreifen.

»Madame Chauchat!«, hauchte die alte Dame und konnte ihr Glück kaum fassen.

»Oh!« Claire Wagner strich dem Tier, das sich um ihre Beine schmiegte, sanft übers Fell. »Das ist Hera. Sie ist es gewöhnt, dass ich am Abend zu Hause bin. Jetzt langweilt sie sich wohl.«

»Ihre Katze?«, fragte Bianca Martini überrascht.

»Nun ja, sagen wir lieber, ich bin ihr Mensch«, erklärte die Buchhändlerin.

»Da sind sich Katzen und Hunde wohl ähnlich«, sagte Victor leise lächelnd. Wie sich alles zu fügen schien! Bezaubert. Ja, das war er, der junge Mann aus dem fernen Land Rumänien. Ganz und gar bezaubert von diesen wundervollen drei Damen. Seinem eigenen neu gefundenen *Club der Bücherfeen*.

Bücher bringen Menschen zusammen. Leserinnen und Leser, Kinder und Erwachsene, Buchhändlerinnen und Kunden, Fremde, die gemeinsam haben, dass ihr Herz für die Literatur schlägt ... Ein Bücherbus ist eine wundervolle Institution, fast so schön wie ein Buchladen. Er lädt ein zum Stöbern, zum Forschen, zur Neugier, zum Entdecken und unbedingt auch zum Verweilen. Wenn er nicht ausgerechnet ein »Bus« ist, seiner Natur nach dazu bestimmt, mit der größtmöglichen Geschwindigkeit von einem Ort zum anderen unterwegs zu sein und vor allem: mit den kürzestmöglichen Aufenthalten. Auf Dauer ist deshalb ein Paketlieferwagen nicht wirklich geeignet, die

Segnungen der Literatur zu den Menschen zu bringen, nicht einmal, wenn sich herausstellt, dass ein Teamleiter des betreffenden Unternehmens (nennen wir ihn zum Beispiel Zumteufel) eine Schwäche für Krimis und (was man nie vermutet hätte) romantische Literatur hat und deshalb durchaus mehr als ein Auge zuzudrücken bereit ist (ja, es sogar längst getan hat, denn ein Herr Zumteufel zählt zu den ausgeschlafenen Zeitgenossen, ihm macht man nicht so leicht etwas vor).

Umso glücklicher die Fügung, wenn sich herausstellt (etwa bei einer unverhofften Stadtrallye), dass ein Wagen zur Verfügung steht, der zwar keine Zulassung mehr hat, aber noch genügend Kraft auch für größere Herausforderungen. Um die Zulassung bemühte sich Victor. Um die Gestaltung sein junger Freund und alter Kumpel Leon sowie dessen neue Freundin Mina. Um die Ausstattung die charmante Buchhändlerin namens Frau Wagner – und um die Markierung ein freundlicherer älterer Herr namens Freitag. Weshalb wenige Tage später (der Paketbote hatte seine Kündigung eingereicht und seinen Resturlaub angetreten) ein kleiner Kastenwagen vom Hof der kleinen Buchhandlung rollte, randvoll mit Lektüre für alle Gelegenheiten und Bedürfnisse. Von Camilleri bis Camus, von Maar bis Melville, von Tolstoi bis Trojanow war alles an Bord, was man kannte. Am Steuer ein ehemaliger Paketbote, auf dem Beifahrersitz eine ehemalige Teeverkäuferin, auf dem Rücksitz zwei Kinder, die sich leidenschaftlich gegenseitig vorlasen – und natürlich ein Hund, denn in jede gute Geschichte gehört gefälligst ein Hund. Und dass die Geschichte dieses Bücherbusses eine gute zu sein hatte, das stand nicht nur für Leon fest.

Frau Wagner hatte eine ganz besondere Auswahl zusammengestellt, eine Auswahl, in der für jeden garantiert das perfekte Buch enthalten war. Denn davon war sie zutiefst überzeugt: Es gibt für jeden das ideale Buch, selbst für jene, die nicht einmal auf die Idee kommen, ein Buch lesen zu wollen. Deshalb war es ja so wichtig, dass man jeden nur erdenklichen Weg fand, die Bücher zu den Menschen zu bringen.

Zu Freitag hatte sich übrigens eine angebliche Besitzerin gemeldet, die allerdings noch für einige Wochen verhindert sein würde, den Hund wieder zu sich zu holen, weil sie gerade in der Klinik war. Immerhin waren die Aussichten gut, dass sie bald nach Hause durfte – und damit auch Freitag zu ihr »zurückkommen« könnte. Und zu ihrem Sohn. Zufall, dass die beiden sich schon kannten, der Hund und der Junge? Wer wollte da schon allzu genau nachfragen. Zumal auch Victor schon bald nicht mehr einsam sein würde. Wie wir alle wissen, bringt Literatur die Menschen zusammen. Nicht nur irgendwelche Menschen, sondern manchmal auch genau die richtigen. Denn für Menschen gilt genau wie für Bücher: Es gibt für jeden das perfekte Gegenstück.

Manchmal findet man dieses Gegenstück durch Zufall, manchmal durch ein Päckchen mit einer hübschen aufgedruckten Schleife. Und manchmal auf seltsamen Umwegen. So wie Victor. Womit wir ganz zum Ende dieser Geschichte einmal mehr feststellen dürfen, dass sie zugleich nichts anderes ist als der Anfang vieler weiterer Geschichten. Sei es die eines jungen Paares, sei es die eines noch viel jüngeren Paares, sei es die einer alten Dame, die sich neu erfindet, oder die eines Abenteuers, in das sich alle gemeinsam stürzen. Sei es Ihre! Denn auch Sie sind längst Teil dieser Geschichte geworden, so wie Victor und Bianca Martini, Freitag oder Madame Chauchat ein Teil Ihres Lebens geworden sind. Sie ist eben ein Wunder, die Welt der Literatur. Und wir alle sind ihre Götterboten.

DIE LEKTÜREN

An einigen Stellen in diesem Roman wird aus den Werken anderer Autoren wörtlich zitiert:

Bennett, Allan: *Cosí fan tutte* (Wagenbach, 2009)

Bohlmann, Sabine: *Wie ich Fräulein Luise entführte und mit ihr eine geheime Reise unternahm* (Planet, 2016)

Calvino, Italo: *Wenn ein Reisender in einer Winternacht* (S. Fischer, 2012)

Conte, Paolo: *Via con me* (Paris Milonga, 1981)

Doderer, Heimito von: *Die Dämonen* (Biederstein, 1956)

Doderer, Heimito von: *Ein Mord, den jeder begeht* (Biederstein, 1958)

Hertweck, Patrick: *Maggie und die Stadt der Diebe* (Thienemann, 2017)

James, E.L.: *Fifty Shades of Grey* (Goldmann, 2012)

Joyce, Rachel: *Die unglaubliche Pilgerreise des Harold Fry* (S. Fischer, 2016)

Krüss, James: *Die glücklichen Inseln hinter dem Winde* (Carlsen, 2000)

Lennon, John: *Beautiful Boy* (Geffen, 1981)

Mann, Thomas: *Der Zauberberg* (S. Fischer, 1924/1952)

Martel, Yann: *Schiffbruch mit Tiger* (S. Fischer, 2010)

Morgenstern, Christian: *Die Tagnachtlampe*

Palacio, Racquel J.: *Wunder* (dtv Hanser, 2015)

Stevenson, Robert Louis/Osbourne Lloyd: *Die falsche Kiste*

Swarup, Vikas: *Rupien! Rupien!* (Kiepenheuer & Witsch, 2005)

Taylor, Kressmann: *Adressat unbekannt* (Hoffmann und Campe, 2000)

Tellkamp, Uwe: *Der Turm* (Suhrkamp, 2010)

Torberg, Friedrich: *Die Tante Jolesch* (dtv, 1977)

Aus Ulrich Tukurs Erzählung *Das russische Neujahrsfest* (in: *Die Seerose im Speisesaal*, Claassen, 2007) habe ich eine Sequenz in Form einer Bearbeitung in diesen Roman aufgenommen. Für die Erlaubnis hierzu möchte ich mich herzlich bei ihm bedanken.

Außerdem danke ich meiner ganz persönlichen Bücherfee Mariam für ihre kluge Kritik, für ihre Nachsicht, ihren Groß- und Langmut – aber vor allem für all den Zauber und die Inspiration, ohne die es auch diesen Roman gar nicht gäbe.

Und natürlich danke ich den wunderbaren Verlegern Daniela und Johannes Thiele, die es immer wieder schaffen, eine Welt aus schönen Büchern erstehen zu lassen.

ISBN 978-3-85179-465-6

2. Auflage 2022

Gesamtgestaltung und Satz:
Christina Krutz, Biebesheim am Rhein
Druck und Bindung: GGP Media GmbH, Pößneck

www.thiele-verlag.com